飛花调

王松 著

北方联合出版传媒（集团）股份有限公司

春风文艺出版社

·沈阳·

图书在版编目（CIP）数据

飞花调 / 王松著 . — 沈阳 : 春风文艺出版社，
2022.1
ISBN 978-7-5313-6129-9

Ⅰ . ① 飞… Ⅱ . ① 王 … Ⅲ . ① 长篇小说—中国—当代
Ⅳ . ① I247.5

中国版本图书馆 CIP 数据核字（2021）第 240628 号

北方联合出版传媒（集团）股份有限公司
春风文艺出版社出版发行
沈阳市和平区十一纬路 25 号　邮编：110003
辽宁新华印务有限公司印刷

封面题字：兴　安　　　　　　封面插图：杜凤宝
责任编辑：姚宏越　　　　　　助理编辑：平青立
责任校对：张华伟　　　　　　封面设计：杜　江
幅面尺寸：142mm × 210mm
字　　数：172 千字　　　　　印　张：8
版　　次：2022 年 1 月第 1 版　印　次：2022 年 1 月第 1 次
书　　号：ISBN 978-7-5313-6129-9
定　　价：39.00 元

畿南重地云程近，直北要津驿路长。
迢递征夫秋满目，寒蝉疏柳送斜阳。

　　　　　　——津门竹枝词

第 ○ 章

　　白鹤飞是在花戏楼认识花薄子的。也不能算认识，就是遇见了。说遇见，也只是白鹤飞遇见花薄子，花薄子并没注意白鹤飞。当然花薄子坐在白鹤飞的前面，隔着几个茶座儿，正抻着脖子看戏。起初白鹤飞也没注意这个人。台上演的是黄麻子的《小卖相》。花戏楼从来都是只演青衣花旦戏，在南市一带的茶馆儿园子是蝎子的屁屁，独一份儿。唯独黄麻子的《小卖相》是个例外。黄麻子的戏生色，人也生色。别人长了麻子是破相，但黄麻子不是，他这一脸细碎麻子倒是像搽的胭脂抹的粉，反而更俏。一个麻脸的英俊小生别说在这南市"三不管"，就是可着天津卫也找不出第二个。黄麻子还有一手绝活儿，从后台出来先走个小圆场儿，一亮相，然后两手往后一背，往起一蹦，整个儿人就能粘在柱子上。这一手叫粘糖人儿，总能要个满堂彩。白鹤飞也就是看了黄麻子的这个粘糖人儿，正要叫好儿，忽然闻到一股扑鼻的香气。这香气显然是茶香，且白鹤飞一鼻子就闻出来，应该是用飞燕草熏的。这种飞燕草有一股独特的香味儿，能壮阳补肾。但天津人一般爱喝茉莉花茶，这种用飞燕草熏的花茶很少见。白鹤飞循着这香味儿朝前望去，就见一个锦衣少年，也正为台上的黄麻子叫好。他面前的茶桌上放着一把茶壶，这香味儿应该就是从那儿飘过来的。但这时，引起白鹤飞注意的还不是这个锦衣少年，而是坐在他旁边的另一个年轻人。这年轻人从后面看着清瘦、细脖儿，溜肩膀儿，身上披个蓝狐斗篷，看意思也不像个俗流。不过白鹤飞虽然隔着几张茶桌，还是能看出来，这年轻人的眼角不时朝旁边的锦衣少年睃一下。

此时这锦衣少年大概觉着为台上叫好儿还不尽兴，就把手里拿的一个用生丝手绢包着的东西倒到另一只手上。这手绢包着的是个细长条儿，看着有棱有角。接着，这少年好像还觉着不得劲儿，索性就把这手绢包放到面前的茶桌上，腾出两手使劲呱唧呱唧地拍巴掌。但白鹤飞听见了，这手绢包儿放到茶桌上时，发出轻微的咚的一声。就在这锦衣少年只顾仰着头，张着嘴，冲台上拍巴掌时，他旁边这个披蓝狐斗篷的年轻人也扬起手来，随着众人一起喝彩。也就在他扬手的一瞬，这手绢包一眨眼的工夫就已到了他的手里。而这时，这个锦衣少年还在只顾着鼓掌，并没注意眼前的茶桌。披蓝狐斗篷的年轻人已经得手，朝左右看看，就准备起身。可他站了两下没站起来，这才发现，自己斗篷的下摆让这个锦衣少年的屁股压住了。年轻人又试着往起站了站，见压得挺瓷实，好像犹豫了一下，索性回头冲这锦衣少年一笑，又一歪脑袋，用下巴朝旁边的小门儿挑了挑，意思说，去解个手，麻烦给看一下这斗篷，然后就卸下斗篷起身匆匆地走了。年轻人走了，锦衣少年朝他的背影瞥一眼，也就无心再看台上的黄麻子，又喝了口茶，坐了一下，就拎起这狐皮斗篷也走了。

　　白鹤飞在后面一直看着，这时又朝那锦衣少年的背影瞥一眼，也笑了。

第 一 章

白鹤飞再次看见花薄子，是在北门内大街。

白鹤飞这次来天津，是在扬州上的船。这是一只运丝绸茶叶和镇江老醋的商船，路上走了十多天，虽然一路顺风顺水，但时间长了还是有点儿晕船。想着一上岸先去北门外的侯家后找个客栈住下，好好歇一歇，但离开天津这些年，又不知有了什么变化。在船上跟艄公闲聊时，才知道，果然早已不是那么回事了。这艄公也是天津人，就住北门外，长着两个大腮帮子，嗓门儿挺大，一说话直飞唾沫星子。他边撑着船边说，我这人好白话，用我媳妇儿的话说是个白话蛋，你想问吗就问吧，这城里城外，没我不知道的事。白鹤飞一听就笑了，知道他说的"白话蛋"是天津土话，意思是话痨，爱穷嚼臭叨，也就跟他有一句没一句地聊起来。这艄公说，你说的侯家后离我家不远，当年可是个好地方，到了晚上跟白天一样，吃喝玩乐一条龙，要吗有吗，半夜了人还挤不动，打南边儿跟船过来的人，一上岸都奔这地方去。说着又扑棱了一下脑袋，现在完了，已经一年不如一年了。白鹤飞一听就明白了，他说的，是那年北京闹兵变的事，后来乱兵南下时，捎带着把天津也抢了，当时抢得最惨的就是侯家后，几乎连抢带烧。白鹤飞没亲眼见，只是听说，从官银号到北门外一带，已经成了一片瓦砾。白鹤飞说，看来离开天津这些年，这侯家后还没缓起来。艄公摇头叹口气，何止没缓起来，就是完了，现在一到晚上，街上就冷清得像坟地了。

白鹤飞随口又问了一句，现在，哪儿热闹？

艄公一听又乐了，说，天津卫到底是天津卫，要说热闹地方，还是有的是，想倒腾买卖就去大胡同，从南河沿儿的码头上去，别过河，顺着单街子一直往南走，看见金刚桥了，把着桥边儿就是，做大小买卖的都在那儿。要想玩，就去南市"三不管"。往里走还有一条西花街，那地界更热闹，吗都有。说着又挤挤眼，你去了就知道了。

白鹤飞听了，哦了一声。

艄公又看看白鹤飞，听说话，你也是天津人？

白鹤飞笑了，是倒是，可出去这些年，一直没回来。

艄公点点头，这就难怪了，看你对天津满不摸门儿。

白鹤飞说，是呀，要不得问你呢。

艄公一听更来劲儿了，比画着说，北门内大街还有个庙会，赶着这天去，比过年还热闹。

白鹤飞看一眼这艄公，又哦了一声。

白鹤飞又遇到花薄子，就是在北门内大街。这天正是庙会。北门内大街摆摊儿摆地儿的小买卖少，多是宽门大匾的铺面，各种古董行药材行绸缎庄和洋杂货店一家挨一家。

白鹤飞离开天津已二十来年，这时一看，这边果然比侯家后热闹了。庙会自然是做买卖的日子，各家铺面都扎古得花花绿绿，有的干脆把留声机搬出来，荷叶喇叭冲着街面儿上呜里哇啦地放流行歌曲。沿街到处是"不惜血本""挥泪甩卖""吉日酬宾买一送一"之类的幌子和花纸广告。白鹤飞沿着街筒子走过来。正走着，就见前面路边有个要小钱儿的花子。这花子是个老头儿，正跪在地上拱着两手朝过路的行人磕头行乞。其实细看，这老乞头儿的年岁并不大，只是从头发到手脸连身上的衣裳都已乌涂得跟街面儿一个颜色，也就看不出年纪。正这时，一辆胶皮叮叮当当地跑过来。胶皮是天津人的叫法儿，北京叫洋车，到南方叫黄鱼。这胶皮过来，突然嘎地停在这老乞头儿的跟前，接着从车上跳下一个穿戴阔绰的年轻人。白鹤飞一眼就认出来，又是那一晚在花戏楼看见的那个锦衣少年。只是这时是在白天，又在街上，他换了一身装束，才看出并不是少年，应该也有三十来岁年纪。这年轻人从车上下来，先是慢慢走过来，歪着头朝这老乞头儿上一眼下一眼地打量。老乞头儿一见来了阔主儿，赶紧又忙着磕头作揖。这年轻人却突然一把抓住他，瞪着眼说，三叔，你是三叔吗？

老乞头儿一下让这年轻人叫蒙了，慢慢仰起头，两眼一眨一眨地看着他。

这年轻人又仔细看了看，猛地将老乞头儿的胳膊摇了摇痛声说，可不是三叔哇，您怎么，怎么落到这个地步了……说着就已经哽住声，一屁股蹲下来。

白鹤飞觉着有趣，就停下脚步，朝这边看着。

这时，老乞头儿已经回过神，揉揉眼又定睛看了看，见面前这年轻人油头粉面，一身的华贵气派，先是犹豫着张张嘴，顺口答音儿地叫了一声贤侄，然后也跟着流起泪来。

年轻人拉着这老乞头儿的脏手抽泣着说，都是侄儿不孝，让三叔沦落成这样。

老乞头儿忙说，不怨你，不怨你，现在咱叔侄见着就好了。

年轻人问，您是吗时候来天津的，我怎么一点儿不知道哇？

老乞头儿含混着答，已经记不清了，该是，有些日子了。

年轻人想了想，掏出一块大洋塞到老乞头儿的手里说，我还有点儿急事，得赶着去办，这样吧，您先吃点儿东西，我过一会儿就来接您，晚上咱去鸿宾楼，好好给三叔压压惊。

老乞头儿接过大洋一把攥在手里，还有点儿不放心，瞪着眼说，你可，一准来呀。

年轻人拍拍他，您放心，我一办完了事就回来，还在这儿，咱爷儿俩不见不散。

说完，跳上胶皮就匆匆地走了。

白鹤飞在旁边看着，越发觉着有意思，索性走进街边的一个茶馆，想看个究竟。

这时有好事的路人，也一直在旁边满眼儿看着，就过来跟这老乞头儿说，你这回算熬出来啦，天上掉下这么个大侄子，以后就不用在街上要小钱儿了。也有人说，你这侄子，看意思可是个人物，说不定是哪家大商号的经理，这回跟他回去，就净等着当老爷子吧！

老乞头儿一直呆呆地看着那辆胶皮走远，突然一转身，三步两步蹿进旁边的烧饼铺，扔下手里的那块大洋，伸出两个巴掌要了十个"蛤蟆叼泥"，还一个劲儿嘱咐伙计，多切猪头肉，要肥的。然后一胡噜全抱在怀里说，先吃着，一会儿一块儿算，说完就一步一跌地跑回原地，往地上一坐，狼吞虎咽地吃起来。白鹤飞见他噎得直抻脖儿，招手叫过茶馆伙计，让给他送一碗大叶子茶去。自己要了一壶香片，掏出烟卷儿抽着，等着看下文。

　　一会儿，就见那年轻人果然又坐着胶皮回来了。这回身后还跟了一个拎包袱的伙计。老乞头儿已经吃饱了，一见赶紧迎上去。年轻人下车挽住他说，三叔，我给您带了身衣裳，也不知合不合身，这样吧，您洗个澡，先凑合换上，等到家慢慢消停了，我再把玉天成的裁缝叫来，好好给您做几身像样的。说罢，就领着这老乞头儿进了斜对面的"天香池"。

　　工夫不大，这老乞头儿再出来时，就已经从头到脚焕然一新。身上穿一件蟹青色暗团花儿的长袍儿，外面罩着二毛剪茬的羊皮坎肩儿，脚下是黑礼服呢面子的圆口儿实底鞋，还理了发，刮了脸，戴了一副茶色的水晶眼镜，看上去俨然已是个有派头儿的老爷子了。白鹤飞在茶馆里喝着茶，朝外看着笑了一下。一般的人不懂局，他却一眼就看出来，这老乞头儿身上的这堆行头，不过是北门外估衣街上的地摊儿货色，归了包堆超不过两块大洋。

　　这时年轻人一招手，叫过一辆胶皮，挽着老爷子一块儿坐上去，吩咐一声去天宝斋，就叮叮当当地走了。白鹤飞看着，已经越发有了兴趣，也叫了一辆胶皮跟上去。

天宝斋在鼓楼跟前，专卖金银首饰珠宝玉器，也有各式的进口洋表。当年白鹤飞在天津时，也常来这里溜达，只是现在的门脸儿比过去更气派了，已经换了金字大匾，铺面外边的玻璃橱窗里也是琳琅满目五光十色。那个年轻人带着老乞头儿来到天宝斋的门口，搀他下了车，一边说着话一边往里走。白鹤飞也下了车，不慌不忙地跟在后面。这时就听那年轻人说，三叔哇，咱爷儿俩失散这些年，现在好容易又见着了，也没吗孝敬您的。

老乞头儿赶紧说，贤侄哪儿的话，这你就够孝顺了。

年轻人说，眼下侄子也算混得有头有脸儿了，就先给您买块表吧。

老乞头儿一听赶紧连连点头，说行，行，就是又得让贤侄破费了。

年轻人寻思了一下说，要说这天宝斋的东西，贵是贵了点儿，可东西地道，光瑞士产的金壳儿怀表就有好几种，除去镀金的和包金的，还有纯金的，您看，要哪种？

老乞头儿流着口水说，贤侄看着买吧，不过这纯金的，嗯，走得准些。

两人说着话，已经来到柜台跟前。站柜伙计一见来了大主顾，赶紧过来招呼。年轻人倒不急不慌，和老乞头儿在柜台跟前坐下来，端起伙计奉上的茶盏吹气喝着，让伙计拿出几款怀表，先看看。然后他对老乞头儿说，三叔别误会，倒不是当侄子的疼钱，既打算买，就买个让您称心的，不光称心，还得用得住，钱多几个少几个倒无所谓。

老乞头儿点头，说是是。

年轻人说，要我看，镀金壳儿的不叫个东西，自然不能买，可这纯金的又忒沉，压手腕子，等再缀了链子，拴在身上不光沉，也坠得衣襟皱巴巴的不好看。

老乞头儿连声说，有理，贤侄说得有理。

年轻人说，其实瓢子都是一样的瑞士瓢子，要我看，倒不如买块包金的，也轻巧些。

站柜伙计识相，也顺着眼色说，这18K包金壳儿的怀表已经够气派了，又是正宗地道的瑞士货，日内瓦时计的老牌子，老爷子能有这样的侄儿少爷，真是修来的福哇！

老乞头儿揩着鼻涕连连点头笑着，已经乐不可支。

年轻人让站柜伙计拿出一块包金壳儿的怀表，翻过来掉过去地仔细看了一下，又放到耳边听了听，就让包起来。想了想，又说，三叔，我那个叫来顺儿的兄弟，您还记得吗？

老乞头儿一愣，赶紧说，哦，记得，来顺儿嘛，怎么不记得。

年轻人说，他现在也已是二十大几的人了，一直在商行里跟着我做事，眼下当个襄理，他早就嚷着也想要块金表，不如就着今天，也一块儿给他买了吧？

老乞头儿皱着眉考虑了一下，点头表示同意。

年轻人就又挑了一块纯金壳儿的怀表，然后回头对身边拎包的伙计说，这么着吧，你现在就把这两块表都拿回商行去，先让二少爷过一下目，让他自己看好了，说定要哪块不要哪块，省得等买回去了，又像上回的皮鞋，横挑鼻子竖挑眼地麻烦。

伙计应了一声，就拿上这两块怀表转身走了。

年轻人又追了一句，就这两步道儿，快去快回，我和老爷子在这儿等着。

白鹤飞在旁边看到这儿，就忍不住笑了。想了想，转身从天宝斋出来，走进斜对面的一壶春茶馆。来到楼上，果然一眼就看见刚才的那个拎包伙计。这伙计约莫二十来岁，雷公嘴儿，塌颧骨，是个猴儿相。这时他坐在角落里，为不引人注意，正靠着椅背，歪着脑袋佯装打盹儿。白鹤飞咳了一声，不动声色地从他身边走过来。茶馆儿伙计看出白鹤飞想临街，就把他引到一个靠窗的茶桌跟前。白鹤飞坐下来，要了一壶龙井。

从这里望下去，正好能看见斜对面天宝斋里的动静。这时就见那老乞头儿坐在柜台跟前，正慢条斯理地喝茶。旁边的年轻人却已等得有些不耐烦，一个劲儿地走到铺子门口朝外张望，还时不时地掏出怀表看看。又过了一会儿，大概实在等不及了，就叫过站柜伙计，从提包里掏来掏去，看意思是要结账。但想了想，好像又改了主意，把提包一合，随手交给老乞头儿，又跟站柜伙计交代了几句，拍拍那老乞头儿的肩膀。老乞头儿似乎有点儿犹豫，又看了看怀里的大提包，才点点头。年轻人又跟他说了几句什么，就从天宝斋里匆匆地出来。白鹤飞看到这里，就慢慢回过头，朝身后的楼梯口儿瞭着。

一会儿，就见这年轻人不慌不忙地上楼来。雷公嘴儿立刻迎上去。两人先是嘀咕了几句，又朝四周扫一眼，就走过来，在白鹤飞旁边一个临街的茶桌坐下了。

白鹤飞喝着茶，听年轻人说，中午在闲人居，你一会儿去订吧。

雷公嘴儿应了一声，说这就去。

这时楼下的街上忽然传来一阵吵嚷声。白鹤飞朝下面望去，就见天宝斋的门口儿已经围满了人。地上扔的满是花花绿绿的烂纸。刚才那个站柜伙计正两手牢牢地揪住老乞头儿，嚷着要送他去局子。这老乞头儿身上的长袍已被撕掉半个袖子，水晶茶镜也掉在地上踩烂了。刚刚还吹得一丝不苟的大背头，这会儿也已被伙计扯得乱七八糟。但这老乞头儿毕竟是街上混的，到了这时索性又拿出看家的本事，两手在地上胡噜胡噜就往脸上一抹，又抓起半块砖头朝自己脑袋上使劲一砸，血登时就流下来。然后蓬头垢面地一屁股坐在地上，一边号着一边给自己抹了个血糊流拉的大花脸。任凭那伙计再怎么死拉活拽，就是不肯动窝儿了。街上过往的行人不知怎么回事，看热闹的越围越多，一时把这北大街堵得水泄不通。

这时，旁边的年轻人一看是时候了，就起身带着雷公嘴儿朝楼梯口走去。

白鹤飞慢慢转过头，朝这年轻人说了一句，这位兄弟，留一步。

年轻人咯噔站住了，慢慢转过身，朝这边看了看。见说话的是个四十多岁的中年人，锦衣罗衫，面皮白嫩，眉宇间清清朗朗，倒不像是街面儿上黑吃黑的角色，也不像锅伙的混混儿杂巴的，回头和雷公嘴儿对视了一下，问，你是，跟我说话？

白鹤飞这时离近了，就着亮儿也看清了这年轻人的脸。这一看，心里不由得动了一下。这个年轻人面如喷血纸，长着一脸通红细碎的茶叶末儿，天津人叫"雀子"。这种面相在道儿上有讲究，所谓"雀子脸，雀盲眼，满地的洋钱不用捡"。干这一行的，一百个人里也找不出一个这种面相的来。只要有一个，没准儿就能走大运。但也有另一说，这种雀子脸不走旺运就走败运，倘跟这种面相的人做一路生意，也算铤而走险。不过这些年，白鹤飞各色的人已见得多了，也就见怪不怪，于是笑笑说，这楼下刚热闹，怎么就急着走？

　　年轻人的脸色立刻变了，寻思了一下说，敢问，你是？

　　白鹤飞用下巴朝自己对面一挑说，坐吧，坐下说话。

　　年轻人犹豫了一下，就走过来，坐下了。

　　白鹤飞就这样认识了花薄子。

第 二 章

　　天津老城的四周围着四条马路，城东叫东马路，城西叫西马路，南叫南马路，北叫北马路。这四条马路当年是四面城墙，也有四个城门。庚子年八国联军打进天津，洋人的都统衙门就把这城墙和城门都扒了。扒是扒了，地名却留下来。按天津人的说法儿，是"北门富，东门贵，南门贫，西门贱"。北门内大街多是金店银号和商铺之类的大买卖。东门内大街有官府衙署，文庙学堂，大户人家也都住这边。西门和南门住的则多是一些穷人。

　　出南门是一条直街。路东有一家成衣铺，叫玉天成，是个老字号。掌柜的姓胡，裁缝手艺是家传的，据说到胡掌柜已是第五代，做的衣裳不光料子正宗，功夫眼儿也地道。花薄子就最爱穿玉天成的衣裳。一件做工和料子都正宗地道的衣裳穿在身上，人也才显得正宗地道。衣裳正宗地道是气派，人正宗地道就是体面。花薄子就是个要体面的人，有体面，也才有面子。但面子和面子也不一样，有身份的人要面子，撑的是排场，讲的是台面儿。花薄子倒不讲台面儿，讲的是"护短儿"，正所谓"好汉护三村，好狗护三邻"。街面儿上的事得有街面儿上的规矩，谁的地界归谁，不能拿尿桶子沏茶，乱来。

这次招了花薄子的，是西门内大街一个叫青皮的小缩。

花薄子有个手下，叫念三儿。其实花薄子并不喜欢这个念三儿，还不光是因为笨，人笨，还奸，平时甭管吗事总藏个心眼儿，好像就他透着机灵。那天也是该着有事。花薄子在大丰银号有张银票，本想自己去拿，但临时有事绊住了。念三儿就主动提出来，他去跑一趟。花薄子也知道念三儿的心思，大丰银号在南市，西边就是"三不管"，再往里一拐是西花街，他这趟去，正好可以搂草打兔子，捎带着干点儿自己的事。花薄子平时对手底下的人干这类事倒并不在意。但去干也可以，不能误了正事。念三儿这趟去，倒没误正事，自己却栽了个不大不小的跟头。他在西花街的艳春楼有个相好，叫小年糕儿，没事的时候常往那儿钻，赶上兜里有俩钱，也放帘子。这一阵花薄子的跟前事多，一直没腾出空儿，这趟去还真是这么盘算的，想趁着去大丰银号办事拐到西花街去看看这个相好。好容易去趟西花街，自然不能白跑，就带了点儿钱，想松快一下。去大丰银号拿银票，还挺顺当，可一出来就出事了。

这念三儿的脑子虽笨，做事也掂得出轻重，知道这银票非同小可，就特意放在最里面贴身的兜里。进了"三不管"，往里走几步朝斜里一拐就是西花街。他想的是，这一趟工夫紧，肯定没时间说闲话儿，到艳春楼也就是扒个头儿，倘方便，就插空儿放一炮，干脆利落完了事赶紧走，倘人家占着手也就只能打个招呼。心里这么想着，走得也就有些慌。可他并不知道，刚才从大丰银号一出来，身后就已有人盯上了。这个盯上念三儿的人，就是那个叫青皮的小绺。小绺是街上的说法，也就是小偷儿，道儿上把这一行叫"荣门儿"生意，小绺叫"荣点"，也叫"大荣"。这个叫青皮的"大荣"在大丰银号门口就把念三儿盯上了，见他慌慌张张地出来，就知道是个底下跑腿儿的愣头儿青，于是一直跟在后面。其实这念三儿也是街上混的，有人在后面跟这么紧，应该有所察觉。可他这时一心想着艳春楼的小年糕儿，恨不能一步就到了，也就没注意身后。一进西花街，人就多起来。这时已能看见前面巷口儿的艳春楼。念三儿也是心急，紧走了几步。但就在这时，觉着有人在身上撞了一下。念三儿立刻意识到了，这人的这一撞不是好撞。再一摸身上，果然，带的那点儿钱全没了。念三儿自然明白，这是让"荣点"荣去了。"荣点"做生意，行话叫"二仙采花"，一个荣了，另一个接手，当然不会还在跟前等着，一眨眼的工夫早没影了。

念三儿没了钱，自然也就去不成艳春楼了，只好垂头丧气地回来。

回来一进门，花薄子就看出有事。使劲一问，念三儿才把刚才的事说了。花薄子一听就火了。花薄子火，还不光是因为"荣点"荣了念三儿，照规矩，这西花街是公共地界，做哪一门生意的都能去，可这大丰银号在南市，这一带却是他花薄子的地盘儿。这个"荣点"跑到他花薄子的地盘儿来做生意，还荣了他花薄子的人，这就说不过去了。

事情虽然不大，钱也不多，可这口气难咽。花薄子又向念三儿问清了原委，这天下午，就亲自来到大丰银号。这次来，还特意带了几张银票，说要兑两根金条。大丰银号的掌柜姓何。何掌柜是个肺痨，一说话连齁喽带喘，见花薄子要兑金条，就问，好好的这是要干吗用。花薄子笑笑说，你放心，不是信不过你大丰银号，临时有点儿用。说完，就拿上这两根金条扭身出来了。出了银号，还故意在门口站了站，然后就朝西花街这边来。

　　花薄子一进南市牌坊，就觉出身后有人跟上了，于是故意不紧不慢，走走停停，又在街边的大得胜便宜坊喝了碗羊汤。拐进西花街，溜溜达达地走了一会儿，才进了街边的花戏楼。花薄子刚在一个茶座儿坐下，就见一个披蓝狐斗篷的年轻人也跟过来，紧挨着在旁边坐下了。花薄子知道，就是这个披蓝狐斗篷的，一直跟在自己身后，如果不是冲他这件蓝狐皮的斗篷，他还不会进花戏楼。这时，花薄子的手里还一直拿着刚兑的那两根金条，只是用一块雪白的生丝手绢包起来。就在为台上的黄麻子鼓掌叫好时，他为了腾出手，就故意把这个手绢包放到跟前的茶桌上。果然，一眨眼的工夫，这手绢包就没了。花薄子这时已用眼角看见了，只当没看见，还冲着台上拍巴掌。也就在这时，旁边这个披狐皮斗篷的年轻人想起身走了。可走了两下，没走了，斗篷的下摆让花薄子用屁股压住了。这年轻人的心里自然算得过这笔账，一件蓝狐皮的斗篷虽也是个物件儿，可跟这两根金条比起来也就不算什么了。于是一咬牙，索性来个金蝉脱壳，卸下这斗篷借口去解手，就匆匆走了。

这个上午，在一壶春茶馆，花薄子一听白鹤飞提起那一晚在花戏楼的事，且都清楚这里边的门道儿，心里就明白，应该是碰上"老合"了。"老合"也是道儿上的行话，意思是同行，但叫"老合"，比同行的关系更近，也有点儿兄弟伙计的意思。道儿上的人互相叫"老合"，也叫"合字儿"。白鹤飞听花薄子说了这事的前前后后，也笑了，拿出烟卷儿递给花薄子一支，自己也点着一支，吸了一口说，事情不大，倒挺有意思。

花薄子说，有意思的还在后头呢。

白鹤飞看看他，哦了一声。

花薄子告诉白鹤飞，事后他才知道，荣了念三儿的那个"荣点"叫青皮，但那天披狐皮斗篷的并不是青皮，而是青皮的一个本家哥哥，叫大天儿。起初在大丰银号盯上花薄子的还是这个青皮。但青皮一见花薄子兑了两根金条，就知道这回不是一般的买卖，担心自己拿不动，这才赶紧回去叫大天儿。大天儿一听是个这么大的买卖，为撑门面，才特意把平时不穿的行头也穿上了。不料这一下也就中了花薄子的套儿，就为这两根假金条，自己的一件蓝狐皮的斗篷反倒让花薄子给荣了，还不是荣，就这么大大方方地拎走了。花薄子用两根假金条换回一件九成新的蓝狐斗篷，还觉着不解气。花薄子平时跟"老荣"并没来往，但跟"荣门儿"的人还能说上话。事后一打听，才知道，敢情这青皮和大天儿都是金大成的人。

这金大成是个人物，当年在南门外一带专做偏门儿生意，自己虽然从不插手"荣门儿"的事，却养着"荣门儿"

的人，所以街上的各路"荣点"都敬着他，遇事也给面子。按说这青皮和大天儿的地盘儿是在城里的西大街和北大街，再远，最多到北门外的北大关，他们敢来南市的大丰银号这边做生意，自然是有金大成给撑腰，所以才有恃无恐。也就在这时，花薄子听说，这一年的年前，金大成刚把鼓楼跟前的天宝斋盘下来。就这样，也是为了再出一口恶气，才趁着这天庙会，又来天宝斋做了这样一笔不大不小的买卖。花薄子说到这儿又哼了一声，做这个买卖，不为钱，就为给金大成添点儿堵，也让他知道知道。

白鹤飞一听就笑了。

这时，花薄子又打量了一下白鹤飞，试探着说，听口音，您也是天津人，可看穿戴又不像。白鹤飞没接这茬儿，朝窗外看了一眼说，快中午了，一块儿吃个便饭吧。

花薄子看一眼雷公嘴儿，张张嘴想说话，但只是哦了一声。

白鹤飞又笑了笑，不方便？

花薄子面露难色，是，有点儿事。

白鹤飞问，要去闲人居？

雷公嘴儿忍不住，在旁边问了一句，您怎么知道？

花薄子也愣了一下，沉了沉才说，中午有个应酬。

白鹤飞喝了口茶，起身说，那就改日吧，都是街上的人，如果有缘，说不定哪天还能碰上。说完就要走。花薄子又犹豫了一下，说，等等，听这话的意思，您也是……

白鹤飞站住了，慢慢转过身，一笑说，没别的意思，就想交个朋友。

花薄子又想了想，才说，中午说是应酬，其实，也没外人。
又看看白鹤飞，您要是方便，就一块儿吧？

白鹤飞说，好哇，我做东。

第 三 章

　　花厚子有个习惯，每年的正月初一，都要在辰时占一卦。

　　花厚子属龙，而辰时为龙，属龙的人这个时辰占卜，应该最灵验。倘占出吉卦，也就会诸事顺遂，一年的生意都踏踏实实。这年正月初一的这一卦却占得堵心。卦上说，流年走水运，财如潮来，财随水去，到最后白忙一场已是好的了，恐怕还要人财两空。这占卦的是个失目先生，翻着两个眼白又想想，眨巴着说，只怕，还有一节桃花运。失目先生说了这话好像挺解气，又歪嘴一笑，讲解说，这桃花运可不是好运势，男人沾了就是霉运，正所谓情场得意，钱场失意，不过还有一说，也如同华盖运，真遇上也是修来的，至于怎么个修法，就看造化了。失目先生说着，又摇摇头，只怕这桃花，还是个水上桃花。

　　说罢，就吟出一串卦歌：

　　　　　　　水上桃花两苍苍，
　　　　　　　白浪滔天情意伤。

欲把竹篮盛东海，
　　水中捞月也空忙。

　　这卦歌说得明白，意思也好懂，却没有一句是往吉利上说的。花厚子听得心里烦躁，没想到大年初一这一卦，占得这么丧气。但还是按规矩给这失目先生封了卦礼。

　　花厚子占卦从不找门里人。占卦也是买卖生意，行话叫"金买卖"。道儿上的人有句话，算卦的口，是无量斗。倘真把这路人的话当真，就没法儿活了，所以花厚子虽也信占卜扶乩，却不信门里人。门里人占的扶的批的讲的都是生意话，既然是生意话，也就没法儿相信，一说一唱，都只为一个钱字。倒不如行外的人说得实在。行外的人，用道儿上的话说叫"空码儿"。"空码儿"干这行当然也为赚钱，但赚的不是买卖生意的钱，风吹雪打，日晒雨淋，只挣几个站街串巷的辛苦钱。挣辛苦钱凭的是力气，不亏心，说话自然也就实打实。

　　花厚子占了这一卦，这一年也就格外小心。以往能做的生意，现在但凡没把握，也就宁可不做。原本不爱出门，这一下就更闭门谢客。花厚子的脾气跟花薄子不一样。两人虽不同父，更不同母，但异姓兄弟也有脾性相近的，花厚子和花薄子却完全不同。花薄子好热闹，爱在街上东游西逛，平时交往的人也杂，三教九流，五行八作，认识的朋友没边儿。这样的脾气当然也有好处，真遇事，朋友多，办法也多，自然也就方便，但也累心。朋友就如同花草，养花草得浇水，还得摆弄，不浇不摆弄，几天就蔫了。朋友也如是。交朋友得交，所谓交，也就是交往，要交往就得应酬，应酬无非是经常在一块儿吃吃喝喝，不交往，不应酬，不吃吃喝喝，多近的朋友时间一长一淡，也就远了。花厚子却不是这种性格。花厚子好静，没事的时候愿意一个人在家翻翻闲书，哼两口儿京戏，心里也静。

刚入秋时，花薄子回来说起两桩生意。生意倒都是大生意，听着也有点儿意思。一桩是从南边过来的一只染料船，但染料只在皮儿上，真正的瓤子是夹带的软货。所谓软货，也就是细软一类的东西。花薄子是在街上吃饭时，无意中听一个道儿上的朋友说的，说是这船上一个押船的，不知怎么先来到天津，晚上醉在西花街上，说酒话儿顺嘴秃噜出来的。花薄子跟花厚子商量，如果大哥出面，说是哪家染料行的瓢把子，咱哥儿俩打个"过桥儿"，这船东西就算留下了。花厚子听了想想，觉着这事倒能干，但能干是能干，再想，又不太保棍。河上的生意不同岸上，单有吃水路的，且也有文武之分，文的也做"调门儿"生意，算同行，这还好说，武的则是明抢，这一行的人不光心狠手辣，也不讲规矩，光津西杨柳青就有几绺子，再往上游到沧县那边就更说不清了，要这么说，这船东西说不定早有人盯上了。况且行里有句话，"沾干不沾湿"，旱鸭子别搅和水里的事，隔着行的生意最好别去招惹。这一想，就对花薄子说，还是算了，既然流年不顺，多一事不如少一事，别为这一桩买卖在阴沟里翻船，不值当的。过了些日子，花薄子又带回一个消息，说是有个关外的土鳖少爷带了一批山货来天津，有老山参之类的名贵药材，还有不少皮货，这些东西要是想个办法给他留下，也是个不错的买卖。花厚子听了，也觉着是个挺好的事。自古从关外来的山货，关里出去的丝绸茶叶，都要经过天津。这天津看着是个水旱码头，其实不光是南北货物的集散地，也是个交易场所。花厚子虽然对山货外行，一听也知道，这应该都是值钱的东西。但这回想了想，还是对花薄子说，我看这事也不太保牢，这个土鳖少爷不懂天津规矩，又带了这么多招眼的硬货，说不定咋咋呼呼，早有不少人打主意了，要我看，咱还是别蹚这个浑水了。

这两桩好好的买卖，就这么眼看着都从手上滑过去了。

可最后，这两桩买卖果然都出事了。从南边来的这只染料船，没过两天就让日本人查了。敢情这一船染料的瓢子还不是软货，而是日本人禁运的私货。大概是生意上的同行起了纷争，就有人跑去"红帽儿衙门"告了密。所谓"红帽儿衙门"，也就是日本人的宪兵队司令部，因为进了这宪兵队的人没几个能活着出来的，他们的帽檐儿上又有一圈红边儿，天津人就给起了个绰号，叫"红帽儿衙门"。"红帽儿衙门"的人去查的时候，这船货已经出手，结果船主儿和买主儿就给一勺儿烩了。那个从关外来的土鳖少爷，还没等离开天津，也死在大胡同了。死的时候身上一丝不挂，尸首让人扔在金刚桥底下的海河边。据仵作勘验说，是酒后死的，至于是喝多了酒，还是喝了有毒的酒，就说不清了。街上的人议论，仵作肯定是收了哪一路的昧心钱才故意说这种外行话，这土鳖少爷临死喝的酒有毒没毒，别人说不清，仵作怎么会也说不清？但也就是仵作的这一句外行话，一下麻烦就大了，这土鳖少爷在天津这些日子，甭管有关系的还是没关系的，只要接触过的人都给抓进了局子，挨个儿过堂审问。

直到这时，花薄子才倒吸了一口凉气。花薄子从来不信神鬼，有一回喝大了，还把街上的一个卦摊儿给砸了。但这一回是真信了，看来大哥花厚子在大年初一占的这一卦果然灵验，流年不顺，还真得小心。这以后，就是再大再俏的买卖，也不敢轻易出手了。

花厚子这天上午看了会儿闲书，洗了手脸，又换了件衣裳，就准备出门。这时孤丁来了。孤丁是花薄子身边的人。花薄子平时一般的事，是让念三儿去办，有重要的事才带着孤丁。这时花厚子一见孤丁就说，来得正好，去街上叫辆胶皮。

孤丁看着花厚子，站着没动。

花厚子回头看他一眼，有事？

孤丁这才说，也没大事。

花厚子说，说吧。

孤丁说，中午在闲人居吃饭，还有个人。

花厚子问，谁？

孤丁就把上午白鹤飞的事说了。

花厚子听了皱皱眉，没说话。

孤丁说，这人，是个老合。

花厚子一听，又看了孤丁一眼。

孤丁说，知道你不爱跟生人吃饭，我才先来说一声儿。

花厚子回转身，脱着衣裳说，那就算了，我不去了。

孤丁应了一声，就转身出去了。

花厚子倒不是不喜欢生人。谁一生出来也不是跟谁都认识，落草儿时回头看看，连自己的亲妈都是生人。花厚子只是不爱跟不熟的人一块儿吃饭。人吃饭应该是最放松的时候，无拘无束，就像拉屎，这时候，不能有任何人干扰，也不能心有旁骛。一张饭桌上吃饭，就算都是熟人也觉着局得慌，倘再有个生人，一顿饭吃下来就觉得挺累。也正因如此，花厚子平时轻易不出去吃饭。孤丁跟着花薄子的时间长了，也就知道花厚子的脾气，所以这个中午吃饭，临时多了一个白鹤飞，才先过来打招呼。果然，花厚子一听就不想去了。

这天中午去闲人居吃饭，本来说好只有花厚子和花薄子，再带着孤丁。吃饭当然不为吃饭，还有事要商量。花厚子有个习惯，每遇到重大的事要跟花薄子商量，都是出来吃饭，而且要找个僻静清雅的地方，好像只有这样才郑重其事，商量的结果也才稳妥保棍。

闲人居在北门外侯家后的宝宴胡同。早年远近闻名的八大成饭庄都在这胡同里。后来侯家后衰败了，八大成的生意一天不如一天，也就相继都关张了。但不知什么时候又开了一家闲人居。这闲人居是个小院儿，院子虽不大，但池塘假山，茂林修竹，很有些江南园林的味道。菜也是地道的苏州菜，咸里带点儿甜口儿，单一个味儿。这一来，在北门外一带也就挺各路。宝宴胡同本来就已不及过去热闹了，闲人居平时的饭座儿也不多，就显得挺清静。所以，花厚子和花薄子常来这里吃饭。这个中午，花厚子确实有一件很重要的事要跟花薄子商量，所以才让孤丁事先来这里订了一个最靠里的包厢。

这时孤丁走了，花厚子一个人又觉着有些闷。

正这时，孤丁又回来了。

花厚子看看孤丁，正要问怎么回事，就见花薄子也进来了。再看，身后还跟着个面皮白皙的男人。花厚子一看就轻轻摇了下头。花厚子想，花薄子应该知道自己的脾气，平时不高兴往家里带生人。花薄子进来，也已看出花厚子的心思，就说，大哥，这是个"合字儿"。

花厚子毕竟是道儿上混的人，脸儿热，一听是"合字儿"，也就客气地让座。

白鹤飞没坐，看看花厚子，笑笑说，咱见过。

花厚子又仔细打量了一下白鹤飞，摇头说，失敬，有些面生。

白鹤飞说，当年，你跟前有个斗鸡眼的兄弟，是个溜肩膀儿？

这一说，花厚子想起来了，当年确实有过这么一个兄弟，叫天财，还不是溜肩膀儿，简直就是没肩膀儿，两个胳膊像粘在身上的。不过，这已是二十来年以前的事了。

白鹤飞说，是呀，少说也有二十年了。

花厚子也点头笑了。

白鹤飞又说，你带这个兄弟，去过东马路的宏瑞绸缎庄。

花厚子又想了想，确实有这么回事。那时这个天财刚进门儿，还不上道儿。这天财有个毛病，要论街上打架，抢砖头动棍棒，白刀子进红刀子出，眼都不眨一下。当初花厚子在街上看中他，也就是看中他的这一点。但花厚子真让他跟了自己，却不是让他干这个。有胆识，真到裉节儿上敢下手，这是干这行的本钱，可这行不抢砖头，也不动刀子。让花厚子没想到的是，这个天财要论打架，用他自己的话说，连后脑勺儿都乐了，可就是干不了"调门儿"这一行的生意。连着带他出去两回，还没到那儿先哆嗦了，别说说话，光看他脸上的颜色事就得发了。后来花厚子看他这么下去不是办法，就跟他说，再带他出去试一回，行就行，不行也就甭受这罪了。一天中午，就把他带到宏瑞绸缎庄来。当时的宏瑞绸缎庄在东马路的路西，是个临街的大铺子。花厚子想的是，如果连这种铺子的买卖都做不成，也就真不是干这行的材料了。一番怎么来怎么去都交代好了，天财也听明白了，就歹起胆子，蹑着手脚走进这个铺子。中午街上没人，铺子里也挺清静，只有一个站柜的小伙计，正趴在柜台上，用两个胳膊肘支着脑袋一下一下地盹盹儿。柜台上摆着一溜儿成匹的绫罗绸缎。天财过来伸头看看，就绕到柜台里面，走到架眼儿跟前，歹开几根手指一插，又一夹，就从架眼儿里抽出三匹绸缎。抱着绕出来，走到站柜伙计的跟前，突然砰的一下使劲摔在柜台上。正盹盹儿的小伙计吓了一跳，一下子蹦起来，瞪着眼问，你，怎么回事？这回天财倒沉得住气，回头朝门外看一眼，指着刚摔在柜台上的这三匹绸缎小声说，要不要，这可都是上等货色，便宜点儿给你。站柜的小伙计一听就明白了，这是个小绺，不知从哪儿顺了几匹绸缎，想来这儿销赃。立刻挥手说，不要不要，快拿走，再不走我喊人了！

天财一听，就扛起这几匹绸缎出来了。

这时花厚子想起这事，也笑了。心想，看来这人还真是个老合，二十年前的这件事，他竟然都看在眼里了。白鹤飞也笑了，说，我当时只是从那门口儿过，偶然看见的。花厚子说，这个天财后来到底也没待住，又跟着做了两回生意，都差点儿惹祸，再后来，他自己也觉着实在干不了这行，就跟着几个过路的"合字儿"去关外了。花厚子一边说着，倒觉得跟面前这人挺投缘，就又说，既然都是"合字儿"，又这么知根知底，也就不用外道了。

白鹤飞笑了笑，老兄的大名，我当年就听说过。

花厚子看看白鹤飞，问，老兄的尊姓大名是？

白鹤飞说，在下姓白，白鹤飞。

花厚子听了在心里转转，这名字耳生，又好像在哪儿听说过。这时孤丁沏上茶来。大家坐定，花厚子又打量了一下白鹤飞，听白兄这意思，也是本地人？

白鹤飞又一笑说，这话要说，就长了。

花厚子想了一下说，赶在今天这日子口儿见面，也是缘分，这么着吧，说着回头吩咐孤丁，去街上的五福楼叫几个菜，咱今天不出去了，就家宴吧。

花厚子相信缘分。人跟人就是一见面的事，彼此看着顺眼，就是投缘。如果怎么看怎么觉着别扭，这叫不对眼。不对眼，自然也就不会投缘。买卖生意上的事，缘分最重要，倘不对眼，又不投缘，这买卖趁早别干，就是干了也得砸。这个中午，花厚子一边说着话，就觉得跟这白鹤飞还不光投缘，真有点儿一见如故的感觉。工夫不大，五福楼的伙计就把菜送到了。还是这几个人，只不过多了一个白鹤飞，大家就在桌前坐下来。花厚子平时不太喝酒。花薄子爱喝。

花薄子看出白鹤飞也是个能喝的主儿，一下就更投脾气了。花厚子让孤丁搬出一坛南路烧酒。白鹤飞一看就笑了，说，这南路烧酒，可真是有年头儿没喝了。

花厚子说，酒管够，后面还有几坛子。

喝了一会儿，花厚子问，看白兄这意思，是出外些年，刚回来？

白鹤飞说，是，当初一走就二十来年，刚回到天津。

花厚子见白鹤飞不太想说自己的事，也就不再问，扭头对花薄子说，白兄也不是外人，既然前面的事他都已知道了，后面的事也就没吗好瞒的了，现在就说咱的事吧。

花厚子要跟花薄子说的，还是金大成的事。

花薄子这天带着孤丁去天宝斋做这桩买卖，不过是临时动意。在此之前，花薄子已对花厚子说过青皮荣了念三儿的事。这事看着是个小事，其实也不小。倘这青皮的背后没人，再借他个胆子也不敢跑到南市的大丰银号这边来做生意。而花薄子亲自出面，带着两根假金条去花戏楼这回，这个叫大天儿的也出来了，就算青皮不懂规矩，这大天儿不该不懂。话说回来，"荣门儿"的这些人之所以胆子越来越大，敢这么不讲规矩，也就是因为这个金大成。有金大成给撑腰，他们才有恃无恐。所以，花薄子这回干天宝斋这桩生意，事先并没跟花厚子打招呼。这时就又说，这事不能就这么算完，还得再狠狠敲这个金大成一下，不过我是没这脑子，大哥得想个周密保睃的办法，给这金大成点儿颜色看看，而且这回要干，这一刀就得拉得他肉疼，得见了血。花厚子明白，花薄子说得有理，这几天在家也反复想了，自从开春以后，自己只想着流年不顺，为保险起见，这大半年一直没做几桩像样的生意，眼看再这么晃荡下去就又要过年了，没做像样的生意，这一年也就不像过的。这回，倘把这金大成凿凿实实地做一下，对这一年也算有个交代了。于是对花薄子说，这事想过了，这回要做，干脆就明着做，当面锣对面鼓，让他栽，也知道栽在谁的手里了。

花薄子一听乐了，连连点头说，行行，大哥你说吧，咱怎么干。

花厚子又摇摇头，不过这事，你不行，我也不行。

花薄子没听明白，怎么不行？

花厚子说，咱俩都是半熟脸儿，没法儿出面。

花薄子听了，看看花厚子，又慢慢把头转过来，看看白鹤飞。这时，花厚子也正看着白鹤飞。白鹤飞笑了，说，只要是能见亮儿的生意，用着我只管说，有钱一块儿赚。

花厚子问，金大成这人，白兄有耳闻吗？

白鹤飞摇头，当年在天津，没这么个人。

花厚子说，是，他也是这几年刚起来的。

花厚子告诉白鹤飞，这金大成最早是做"皮门儿"生意的。

白鹤飞知道，花厚子说的"皮门儿"也是道儿上的行话，意思是卖药的。花厚子说，不过他卖的是假药，靠着捞偏门儿起来的，当年先是拿柴草根子当鸡血藤，弄些猪狗猫的骨头，愣说是虎骨豹骨，赚了不少昧心钱，后来不知从哪儿听说，有一种叫"千年棺材对口儿菌"的东西值钱，就又倒腾这种"千年棺材对口儿菌"。白鹤飞也听说过这种叫"千年棺材对口儿菌"的东西，据说如果一个人活着时经常吃人参，壮年去世，装进棺材埋了，过几百上千年，这尸首的嘴里就会对着棺材盖长出一朵像灵芝一样的东西，叫"千年棺材对口儿菌"，能治百病，且有奇效。但多少年了，也只是"皮门儿"里的一个传说，并没有人亲眼见过。花厚子说，这金大成当年四处去挖大户人家的祖坟，还捎带着干盗墓的事，后来说，真挖到这种"千年棺材对口儿菌"了，这一下就发起来。不过这人还是个吃心财黑的主儿，嗜钱如命，且还贪小，连蝇头小利都不肯放过，也正是他这毛病，这回，正好可以利用。

白鹤飞一听就笑了，说，这就放心了，我以为，你们要拉着我去砸明火呢。

花厚子也笑了，斟上酒，一口喝了，这才把谋划的想法儿和盘托出来。

白鹤飞一直低头听着。听完又想了一下，抬起头说，有句话，你别过意。

花厚子说，白兄只管说。

白鹤飞说，这事这么干，稳妥吗？这金大成既然能擢腾成今天这样，想必也不是个省事的，一般小小不言的好处，恐怕钓不动他，可本钱大了，万一赔进去，又不划算。花厚子立刻明白了，说，白兄只管放心，真赔了算我的，赚了，咱六四分账，我六，你四。

白鹤飞听了点头一笑，好吧，我刚回来，就算开个张吧。

第 四 章

白鹤飞当年最爱喝南路烧酒。

南路烧酒是从马驹桥过来的。马驹桥离京城近，所以真正爱喝南路烧酒的不是天津人，而是京城的人。马驹桥在京城东南，往城里拉酒要过凉水河，贴着大兴和通州的边上过去，再进哈德门，所以才叫"南路烧酒"。清光绪年间，京城卖酒的招幌上都特意写明是"南路烧酒"，意思是上过税了，也表明正宗。白鹤飞爱喝南路烧酒，是因为这酒不上头。烧酒自然得有个烧劲儿，但也不能太烧，一太烧就上头了。酒上头最要命，喝的时候挺高兴，感觉没事没事的，可过后，喝酒时说的吗干的吗，就全忘了，不光忘事，也容易出岔子。

二十年前，白鹤飞就因为喝了不知哪一路的烧酒，差点儿误了大事。

那天晚上来找白鹤飞的是一个叫冯豁子的人，说要请他吃饭。这冯豁子是个跛子，还是兔儿唇，天生的三瓣子嘴儿，一说话不光难看，还撒气漏风。白鹤飞跟这人并不熟，只在街上见过几回，知道是北门里广源银号的掌柜。白鹤飞本来不爱跟这种破相的人打交道，还不光是破相，就是相貌不顺溜儿的也不爱来往。相貌还不是一回事，相是相，貌是貌。用"金门儿"的行话说，五官为相，而身体为貌。白鹤飞也知道，自己这是以貌取人，但以貌取人也有以貌取人的道理。倘心平气正，相貌自然也不会太不顺溜儿。说一个人像绣花枕头，是金玉其外败絮其中，其实反过来也一样，一个败絮其外的人，也不会金玉其中。也正因如此，长得歪瓜裂枣的，或罗锅鸡胸溜肩膀儿水蛇腰罗圈儿腿的，白鹤飞老远一见就躲开了，即使躲不开，说话办事也加着小心。但这个晚上，冯豁子突然要请吃饭，白鹤飞还是去了。白鹤飞跟这冯豁子并没有吃饭的交情，没交情还去，当然有缘故，或者说是另有目的。

白鹤飞跟冯豁子吃这顿饭，冲的不是冯豁子，而是他的广源银号。白鹤飞早就对这个广源银号感兴趣，只是一直不摸底。这次冯豁子自己找上门来，正好是个机会。白鹤飞当时刚二十多岁，但已在道儿上做了几笔像样的生意，自然没把这冯豁子放眼里，这一晚喝酒，也就没留戒心。冯豁子特意拎来一坛烧酒，说叫"闷倒驴"。白鹤飞从没听说过这种烧酒，不知是哪一路，只管放开了喝。但白鹤飞并不知这"闷倒驴"的厉害，喝了几盅，感觉虽然有些辣嗓子，可入口绵软，就以为这酒挺柔。喝着喝着就不是这么回事了，开始觉着有点儿上头。酒上头是从心口慢慢往上来，像一股烟儿，似有似无，却还觉不出难受，只是喝酒没了知觉，如同喝水。这也就应了街上的那句老话，好酒是人喝酒，赖酒是酒喝酒，歹酒是酒喝人。白鹤飞并没意识到，自己这时已是酒喝人了。

在这时，冯豁子说话了。

冯豁子虽然说话嘴上撒气漏风，话却不漏风，毕竟是开银号的，即使喝着酒也丁是丁，卯是卯，没用的话多一句也不说。这时他问白鹤飞，是不是还经常回七间房子。

其实冯豁子这样问，已经有些奇怪了。白鹤飞过去的家在七间房子。七间房子在南运河北，叫七间房子，其实是个挺大的村。这个村的地势好，比南运河的河堤还高出一丈有余，又在北岸，水以北为阳，也就成了一块远近闻名的风水宝地。但白鹤飞跟冯豁子并不熟，且已出来这些年，很少跟人提起自己的家在河北的七间房子，这冯豁子又是怎么知道的？可这时，白鹤飞喝这"闷倒驴"已经上了头，已是在酒喝人，只顾一盅一盅地喝酒，并没想到这一层。冯豁子再问，就随口答了一句，回去也没吗意思了。

冯豁子跟着又问，家里，已经没人了？

白鹤飞说，早没了，只剩了几间破房。

冯豁子就不说话了，又接着喝酒。

就这么喝了一会儿，冯豁子才又说，这人一上了岁数，在城里做生意还行，住着就嫌乱了，一出门都是人，闹得慌。其实冯豁子说这话，就更奇怪了，他这时不过五十来岁，广源银号的生意也做得顺风顺水。做生意，自然要人气儿，人越多，越热闹繁华，生意也才越好做。好好的怎么就嫌乱了？白鹤飞这时虽已喝得上了头，也还是听出来了，冯豁子说的这只是个帽儿，后面应该还有话，于是放下酒盅说，你有话就直说吧。

冯豁子这才说，行，那我就直说，你家老宅这几间房，我想买。

白鹤飞听了，看看冯豁子，你想，买我的老宅？

冯豁子立刻说，买当然不为住，我得另盖。说着瞄一眼白鹤飞，又赶紧解释，盖也不是大拆大建，就想弄个不大不小的院子，将来在那儿一待，也就养老了。

看来冯豁子已去七间房子看过，也相中了。其实白鹤飞自从出来，这些年从没回去过，老宅那几间破房已经没用，扔着也是扔着。心里这么想着，也就嗯了一声。冯豁子一看白鹤飞有吐口的意思，就赶紧掏出一份合同，铺在饭桌上给白鹤飞看，说，合同已经拟好了，只是几个地方没说好，还空着，咱一说一商量，填上签个字，再按个手印儿也就行了。

白鹤飞最讨厌看合同，觉着写的都是绕脖子话，太费脑子，这时扫一眼，喝了口酒说，合同就甭看了，你说个数吧，只是裤子再短，别短过一尺去，说个有谱儿的。

冯豁子连忙说，不看不看吧，其实也简单，就是一买一卖的事，再说我是做银号生意的，从不干没谱儿的事，价钱当然得你合适，我合不合适还在其次。

白鹤飞点头，既然这么说，你就说吧。

冯豁子又瞟一眼白鹤飞，试探着说，一间房，就算五十块大洋，怎么样？你是正房四间，东西厢房都没挂瓦，也就是灰棚儿，算两个半间，总共两百八十块大洋，你看可以吧？

跟着又补了一句，你这几间说是房，其实也就是房架子。

白鹤飞没说话，心想，这个数儿，倒还说得过去。

冯豁子见白鹤飞没吭声，赶紧又说，这两百八十块大洋当然不为买房，你那几间房说难听点儿，吹口气儿就能倒了，别说两百八十块，归了包堆也不值几个子儿，我买的是那块地。

白鹤飞抬头看了冯豁子一眼。冯豁子就把嘴闭上了。

于是就这样说定。当时签了字，也按了手印儿，说好三天后，银票地契一次兑清。

但白鹤飞第二天早晨一醒，再想这事，就觉着不对了。倒不是价钱不对。按理说，这冯豁子还算个痛快人，给的价钱不光公平，还明显让出了一点儿。也正因为这样，当时白鹤飞才没说别的。可这时再想，又觉着好像不是这么回事了。要说这老宅，也不过就是几间破房，可房子再破也是老宅。老宅是上辈儿留下来的，是个祖业，自己现在还没到混打瓦、卖祖业的地步，退一步说，就算真混打瓦了，也不能干这种败家子儿的事。

白鹤飞这一想，就腾地从床上坐起来。

可再仔细回想，昨晚这"闷倒驴"也真要命，把脑袋喝得像个麦斗，不光大，还沉，现在酒醒了，只记得自己在冯豁子的合同上签了字，笔砚都是从饭庄柜上拿的，至于当时怎么说的，这合同上又是怎么写的，却一概想不起来了。这时的白鹤飞毕竟已在街上混了几年，各种事就是没经过，也见过，心里明白，签出去的合同就如同泼出去的水，事情已到这一步，要想把这事刹住，一般的办法是不行了。

当务之急得先去找这冯豁子。心里这么想着，匆匆洗了把脸，也顾不上吃东西，就出门直奔北门里的广源银号来。

冯豁子一大早正坐在银号后面喝茶，一听伙计进来说，白鹤飞来了，心里就已猜到几分，一定是酒醒了，这事想翻车。不过冯豁子的心里也有底，合同已经白纸黑字地签了，事情就已是板上钉钉，不是想翻就能翻的。这么想着，就从后面出来。一见白鹤飞，先让座，又让伙计沏上茶来，然后不慌不忙地笑笑说，咱定的是三天限，这刚第一天，没这么急呀。

白鹤飞也笑了，说，我来不是为钱的事。

冯豁子哦了一声，那是为吗事，说吧。

白鹤飞说，昨晚的合同上，好像有个地方没写明白，我的老房总共几间？

冯豁子说，正房四间，东西厢房是两个灰棚儿，各算半间，当时是这么说定的。

白鹤飞说，我昨晚喝得有点儿大，你一说，也就顺口答音儿。正房不是四间，是四间半，你既然去看过，应该知道，旁边还挎着小半间，是个堆屋。

冯豁子听了歪嘴一笑，白先生这是来找后账啊。

白鹤飞正色说，我刚才说了，没这意思，钱说定多少，就是多少，况且按情理，本来应该是两百五十块，可你给两百八十块，还多了三十块，我是说，该怎么回事，总得写明白了。

冯豁子一听不是为钱，哦一声说，具体几间倒无所谓，咱两边都心明眼亮也就行了。

白鹤飞说，话不是这么说，合同上写几间，就得是几间，如果数儿对不上，日后说起来，究竟是不是我这宅子？万一哪天你不认账了，或是我变卦了，就很难说清楚了。

冯豁子想想也在理，问，你的意思？

白鹤飞说，也不麻烦，把合同改一下就行了，你我再按个手印儿。

冯豁子一听就起身进去了。一会儿又出来，把昨晚的合同放到白鹤飞的面前说，改过来了，正房四间半，东西厢房各一间，没挂瓦的灰棚儿，你过一下目。

说着，把一盒印泥也放到白鹤飞的面前。

白鹤飞拿过合同，竖着看了看，又横着看了看，然后两手一捏，就一下一下地撕烂了。冯豁子一见立刻瞪起眼，豁着嘴问，你，你这是干吗？！

白鹤飞笑笑说，我改主意了，这宅子不卖了。

说完，就起身走了。

白鹤飞撕了这合同，也就等于把跟冯豁子谈定的事全撕了。可撕是撕了，心里还是觉着过不去。这件事当然过去也就过去了，但这口气咽不下去。白鹤飞在道儿上混了这几年，一直都是算计别人，这回却让这冯豁子给算计了，虽说最后没算计成，让自己及时翻了盘，可还是越想越窝火。接着再一打听，才知道这件事还没这么简单。敢情这冯豁子说的都是瞎话，他买这几间老房并不是要盖什么小院儿养老，而是要拆了当坟地。当坟地，也不是给他自己，是给一个叫梅小竹的人。这个梅小竹，白鹤飞早有耳闻，虽是天津人，家也在天津，平时却很少抛头露面。只听说他生意做得很背景，天津有几个商行，表面是他开的，但暗地里都有日本人的股份，在运河上还养了十几只对槽船，看着是做丝绸茶叶生意，其实不光贩私盐，还倒腾军火。白鹤飞再一打听，敢情这广源银号也是梅小竹的。这就难怪了，梅小竹是看中了这七间房子白家老宅的地，因为这块地正挨着他梅家的一片坟圈，倘把这老宅买过来，也就能跟他家的坟圈连成片。于是这一次，梅小竹就让冯豁子出面来找白鹤飞。

白鹤飞清楚了这事的底细，心里的气也就更大了。这回还不光是气冯豁子，更气这梅小竹。你看上人家的老宅，这没毛病，想花钱买，也没毛病，可你要把人家的老宅买了当坟地，这就说不过去了。谁家的老宅都是先人传下来的，你拿人家先人传下来的祖业当坟地，这也就等于骂人家的先人。白鹤飞想，许你不仁，就许我不义，这可就怨不得我了。

其实白鹤飞早就看中了这个广源银号，一直没下手，只是没机会。这机会也分两说，一是白鹤飞做生意从不轻易出手，事先得精心谋划，而要谋划，就得先知己知彼。倘不把对方的底细摸清摸透，这生意也就没法儿做。白鹤飞只是一直没找着裉节儿。二是这广源银号素来与白鹤飞无仇无冤。白鹤飞做的这门生意，在道儿上叫"调门儿"。"调门儿"里小打小闹的不算，正经做大生意的，一般不会乱来，只要出手，必有道理，正所谓出师有名。白鹤飞也如此。甭管做哪种买卖的铺子，只有招了白鹤飞，或让他看着不顺眼，或办事不合情理，或本来就是邪门歪道儿的，他才会出手。街上一般老实本分的良善商铺，他从不去碰。也正因如此，这个广源银号虽然看着是块肥肉，白鹤飞的心里也一直打它的主意，却迟迟没下手。但这回就不一样了，既然这广源银号是梅小竹的，而这个梅小竹又这么不地道，让冯豁子找上门儿来先来了这么一下子，只能底儿上不见面儿上见，是你自找了。

　　白鹤飞这么一想，也就打定主意了。

第 五 章

　　冯豁子一直做的是银号生意，对街面儿上的事多少也懂一些。这天上午，待在家里觉着烦闷，快中午时就出来，先去西关大街的胡记驴汤锅喝了一碗驴杂汤，就来到鼓楼跟前的一壶春茶馆。一上楼，正碰见大丰银号的何掌柜。大家都是做银号生意的，平时经常打头碰脸，也就都熟。喝着茶闲聊，冯豁子憋不住，就说起几天前的事，想买河北七间房子的白家老宅没买成，已经签了合同，又被白家的后人翻了车。何掌柜一听就笑了，说，你冯掌柜在街上这些年，又是做银号生意的，怎么干这么外行的事？

　　冯豁子没听明白，眨着眼问，怎么外行了？

　　何掌柜说，用咱行里的话说，一件事都有一件事的规矩。

　　冯豁子看着何掌柜，还是没听懂。

　　何掌柜问，甭管吗合同，一般是这个签法儿吗？

　　冯豁子这才明白了，何掌柜的意思，是应该找个中间的保人。

　　何掌柜说，对呀，你当初要是找个保人，这事再怎么着，也不至于弄成这样。

　　冯豁子吭哧了一下，没说话。其实找保人，他事先也想过。但这件事说白了，摆不到桌面儿上。梅小竹一上来就先说了，他不出面，所以冯豁子才不得不想了这么个打马虎眼的办法，先以自己的名义把这白家老宅买下来，然后再转手倒给梅家。可这事这么一倒腾也就有点儿乱，如果再找保人，只能跟人家说前半截儿，这后半截儿不说不是，说也不是，怎么着都不合适。这么一想，最后才决定干脆直接找这姓白的，不过是一买一卖的事，省得再拐个弯儿麻烦。可现在看来，想不麻烦，最后还是麻烦了。

　　这时，何掌柜又摇了摇头。

　　冯豁子看出何掌柜还有话，就问，怎么？

　　何掌柜说，看来你冯掌柜虽是天津人，可地面儿上的事知道得还是少哇。天津卫这地方可不是一般的地方，平时看着风平浪静，每天街上走道儿的，河里使船儿的，路边做大小买卖的，都不紧不慢各忙各的，其实这地界，水可深了去了。

　　冯豁子听了哦一声，心里一动。

　　何掌柜说，你说的这姓白的，我没听说过，不过听你说这人办的这事，可不像街上的人，倒像是道儿上的人。冯豁子一听忙问，街上的人跟道儿上的人有吗区别？何掌柜喝了口茶，又摇头笑笑，你冯掌柜做生意真是做迂了，这街上的事，敢情满不懂局。沉了一下才又说，这么说吧，街上的人吃的是顺食，可这道儿上的人，吃的是戗食。

　　说罢看看冯豁子，明白了？

冯豁子眨巴眨巴眼，还是不太明白。

　　何掌柜说，不明白你就自己寻思吧，慢慢地就寻思明白了。

　　何掌柜的这番话，冯豁子虽然不太明白，但大概意思还是懂了。如果真像何掌柜说的这样，这件事就真没这么简单了。这一次，自己跟这姓白的不是谈了一回生意，而是交了一回手。交手跟谈生意就不是一回事了，谈生意可以有成有不成，就算买卖不成，仁义还在，但交手就不行了，一交手也就成了对手。这姓白的如果真像何掌柜说的，不是街上的人，而是道儿上的人，跟一个在道儿上吃饥食的人成了对手，这可就不是好事了。

　　冯豁子想到这儿，心里不由得一激灵。

　　这次梅小竹想买七间房子的白家老宅这事，冯豁子本来不想管，知道这是个大伯子背兄弟媳妇儿的事，受累还不讨好。但梅小竹毕竟是这广源银号的老板，自己只是给人家当掌柜，甭管吗事，还得听人家差遣，也就没敢推辞。当然，要想推辞也能推辞，从情理上说，自己只是来给广源银号当掌柜，不是给他梅家当家人，说白了，没拿这份儿钱。这话虽然不能明说，可事还是这么个事。冯豁子没推辞，也是揣着自己的小算盘。这差事看着挺棘手，可说麻烦就麻烦，说简单也简单，不过是一手托两家的事，这边买，那边卖，自己在中间，也就是左手进右手出。倘真倒腾好了，卖的那边把价钱能压多低压多低，买的这边能抬多高抬多高，给他来个隔山买老牛，自己在中间，还可以赚点儿跑腿的辛苦钱儿。

但事情真到眼前，才发现没这么简单。

冯豁子毕竟是买卖人，这些年在街上不敢说阅人无数，一般的人拿眼一搭，也能看出个八九不离十。那天晚上吃饭，冯豁子一眼就看出来，这姓白的不是个善主儿。不是善主儿的人也分几种，有的横眉立目，一张嘴就是戗茬儿的，两句话不投机，也许就能动手。还有的倒不横眉立目，说话也不戗着，可长着一脸横丝肉，让人一看就瘆得慌。但还有一种人，看面相挺平和，说话也不动声色，就是让人觉着身上冒寒气。这种人，也最让人心里没底。冯豁子发现，这个姓白的就是这后一种人。冯豁子本来想的是，白家这边不过是平头百姓，这事甭管怎么说，怎么办，长短薄厚都无所谓，关键是梅家，真有个马高镫短，还别说这事没办好，就是办得有点儿磕绊，在梅小竹跟前都不好交代。

没想到，最后出毛病却出在了白家这边。

现在好了，这事还不是有磕绊，干脆说就是办砸了。梅小竹那边倒没说别的，只是传过话来，说先放放，再从长计议。但在一壶春茶馆听大丰银号的何掌柜这一说，冯豁子的心一下子又提起来。俗话说，光脚的不怕穿鞋的。街上做生意，开着买卖铺子，自然就是穿鞋的，既然穿着鞋也就在明处。在明处最怕的就是暗处有人算计。

冯豁子越想，每天在银号出来进去，也就越发加了小心。

梅小竹的家就在侯家后的汪家胡同，离南河沿儿不远，但轻易不来这边露面，在日租界的宫岛街上还有一处宅子，是个日式的小洋楼，平时就住那边。这件事以后，冯豁子本打算去一趟宫岛街，一是怕梅小竹怪罪，还想当面解释一下七间房子这事；二来银号里有些生意上的事，也要跟梅小竹说。可再想，从北门里到日租界的宫岛街虽不太远，但去见梅小竹向来都是没谱儿的事，也许一去就得一天，扔下银号这边，又不放心，也就一直没敢动。在银号里又反复叮嘱柜上的大伙计，这几天眼尖着点儿，看不准拿不稳的生意宁可不做。大伙计叫毛旺，是冯豁子的心腹，平时有事交给他最放心。毛旺听冯豁子这么说，虽没敢多问，也知道，看来掌柜的是在外面遇上事了，每天在柜上，也就更加小心。

这样过了些天，倒没见风吹草动。冯豁子这才慢慢放下心来。

这时银号生意的事已经推到眼前，再不去见梅小竹就要耽误了。梅小竹也几次差人传过话来，让冯豁子尽快去一趟。这天一早，冯豁子把银号的事安排了一下，就奔日租界来。

冯豁子这一来还真给绊住了。梅小竹倒是在家，可一直在楼上的书房跟两个日本人谈事。冯豁子在楼下的客厅一直等到中午，好容易看着底下的人把两个日本人送走了，梅小竹来到客厅，一见冯豁子就问，是不是急着回银号。冯豁子看出梅小竹有事，就是急着回去也不敢说，只好含糊着答，倒也不急。果然，梅小竹说，要不急，就跟我去趟唐山，那边有个生意上的事，还牵着日本人，不能出岔子，你跟着去听听，也出出主意。

冯豁子没办法，只好跟着梅小竹去了唐山。

冯豁子这一路一直提着心，唯恐银号这边出事。可他还不知道，就在第二天傍晚，这边已经出事了。当时毛旺正带着几个小伙计给铺子上板儿，就见一个人晃晃荡荡地进来。这人三十多岁，一身土不戗戗，剃着个二茬子头，一看就是从乡下来的。进门来到柜台跟前，把一个粗布口袋哐地扔在柜上。毛旺赶紧过来皱着眉说，你轻着点儿，把柜台都砸坏了！

这人看一眼毛旺，哼了一声。

毛旺说，有吗事，说。

这人问，兑银子，多少钱一斤？

毛旺一听就愣了，银号兑银子都是论厘论钱，最多也就是论两，还没听说过论斤的。再看这人的打扮，就知道是个不懂局的老赶。天津人把乡下人叫"老赶"，也就是痴傻呆苶，没见识的意思。大洋的银子是固定的，一块合七钱二厘，但银子另有银子的行市，银号兑银子当然不这么兑。毛旺知道跟这老赶说了，他也不明白，就问，你有多少？这乡下人朝左右看看，凑近了小声说，都在猪圈里埋着呢，还没细数，估计不少。毛旺一听就明白了，这老赶大概是起猪圈，挖出了意外之财。于是说了个大概的价钱。这乡下人一听，点头说，还是你们这银号价钱实在。毛旺让这乡下人把银子拿出来，过了数，总共是十八两六钱，就给他开了一张号票。这乡下人揣起号票，又说，我今晚回去接着挖，可埋得太深，挖着费劲，白天带这么多银子也怕露白，明天还这会儿吧，头上板儿我再来，你们可等着。

说完，乡下人就拿上口袋走了。

这乡下人一走，毛旺的心里又有点儿嘀咕，总觉着这人的来头儿有点儿不对。再仔细看看这十几两银子，倒没毛病。想了想，只要银子没毛病，号票开出去也就不会有毛病，心里这才稍稍踏实了。第二天傍黑，又是快上板儿的时候，这乡下人果然又来了。这回还是拎着那个粗布口袋。可一进来，毛旺就觉出不对。这人一身酒气，两眼通红，腮帮子上的肉丝儿也都拧着。他来到柜台跟前，又哐地把口袋扔到柜上。

毛旺赶紧过来问，今天兑多少？

这乡下人两眼一瞪说，还兑啥兑？！

毛旺一听这话头儿不对，张张嘴，没敢再言声儿。

乡下人说，敢情你们这银号，也是个害人的买卖！

毛旺一听想争辩，可鼓了几下，没敢把话说出来。

这乡下人喷着酒气说，我昨晚一回去，我老婆说，别处兑银子都是论钱论两，哪有论斤的？说我让你们当成老赶，把我的银子骗了！我跟她说，没让人骗，银子就是这么兑的，就是论钱论两，没论斤，可她还不信，非说我让你们骗了，数落着骂了我一个晚上，我说又说不过她，骂也骂不过她，后来一急，就把这娘儿们给宰了！说着抓起柜上的口袋一抖，咕隆一声，口袋里一颗龇牙咧嘴血葫芦的人头就骨碌到柜台上。

毛旺哪见过这个，一看差点儿尿了裤子。旁边一个小伙计吓得一屁股坐在地上。这乡人又刺啦一下扯开自己的衣襟，从腰里拽出一把带血的菜刀，哐地剁在柜台上，咬着牙说，我杀了我老婆，我去抵命，可你们这买卖也甭干了！叫你们掌柜的出来，我要跟他说话！

毛旺毕竟有些见识，胆子也大些，定了定神凑过来说，这位爷，就算你去抵命，可你的命也不是拿油盐换来的，不如这么着，你想干吗，只管说，咱再慢慢地商量。

乡下人说，也没啥，我家出了人命，日子也毁了，你这银号给我拿两千现大洋，少一个子儿也不行！咱算两清！要不我是扳倒葫芦撒了油，先一把火烧了你这银号，我再去投案！

毛旺一听就傻了，这乡下人狮子大开口，一张嘴就要两千大洋，有心想说，你杀了你老婆，那是你的事，跟我们银号有吗关系，昨天来兑银子也给你兑了，银号又没招你，你跑这儿来要两千大洋，没道理。可一见他这玩命的架势，又不敢说，一下也没了主意。

正这时，冯豁子回来了。

幸好这时是傍晚，正是吃饭的时候，街上挺清静。冯豁子老远就听见银号里有人吵嚷，紧走几步，进门一看这阵势，也吓了一跳。毛旺见掌柜的回来了，如同见了救星，赶紧扑过来把事情的前后都说了。冯豁子毕竟是开银号的，一听就知道，是碰上吃"撬饭"的了。这吃"撬饭"的比砸明火的还厉害。砸明火也就这一下子，铺子里甭管多少，就这一堆一块，砸完也就一阵风地走了。但吃"撬饭"的不行，后面还勾着连着，别说倾家荡产，弄不好还得七扯八扯地让你吃官司。冯豁子也明白，这种事不能吃眼前亏，只能认头倒霉，于是先安抚住这乡下人，让他别急，稍等。然后就赶紧去后面凑钱。这乡下人这时也不嚷嚷了，一手拎着菜刀，另一手提着那颗人头，就这么站在柜台跟前等着。

天大黑时，冯豁子总算把这两千大洋凑齐了。这乡下人去街上雇了辆车，把大洋装上，这才提着人头气哼哼地走了。冯豁子看着这乡下人跳上一辆胶皮，跟着装大洋的车走了，才总算松了一口气。

可第二天一大早，伙计毛旺又跑到后面来砸门。冯豁子一夜没合眼，天亮时刚迷糊着了，这一下又给砸醒了。正要发火，毛旺已经一步跌进来，结结巴巴地说，掌柜的快去看看吧，又出事啦。冯豁子一听，赶紧披上衣裳出来。到前面的铺子门口一看，又吓了一跳。只见一颗血葫芦的人头正挂在银号门口的横梁上，还在滴滴答答地淌血。显然，这是昨晚那乡下人拎来的那颗人头。广源银号是在北大街最热闹的地方，这时门口已经挤满了看热闹的人。但冯豁子定睛又看了看，昨晚是在灯下，当时也是吓蒙了，就没看太真切，这时天已大亮，就觉出有点儿不对，�着胆子过来，再一细看，这才看出假了，人的脑袋是肉的，再怎么血葫芦，毕竟是软的，这颗人头的脸上却坑洼不平。冯豁子拉着伙计毛旺，壮起胆子把这颗人头卸下来再看，果然，头发倒是真的，脑袋却是用掺了麻刀的泥捏的。

冯豁子这才明白，是上当了，弄这么个泥捏的人脑袋，就活活让人敲了两千块大洋，登时气得翻着两眼，差点儿背过气去。接着也就意识到，看来大丰银号何掌柜的话还是应验了，这种又阴又损的缺德事没别人，肯定又是那个姓白的干的。

冯豁子到这时也才意识到，看来自己这次替梅家办的事，真是捅了马蜂窝。可捅是捅了，也已经让这马蜂给蜇了，再想，又实在咽不下这口气。还不仅是让这姓白的这么容易就敲了两千大洋，问题是，自己一个堂堂的银号掌柜，在这北门里一带也有名有姓，现在却出了这么一档子让人笑掉大牙的事，以后谁还敢把钱财交给这么个不靠谱儿的银号？冯豁子越想越觉着这事不能就这么算完。把自己关在家里想了几天，终于想出个主意。

冯豁子当然知道自己能飞多高蹦多远，要凭本事，肯定斗不过这个姓白的，唯一的办法，只有把这事告诉梅小竹。梅小竹在天津是个人物，买卖大，台面儿也大，一般小小不言的事当然顾不上理会，也正因如此，他想买白家老宅当坟地，没买成，后来只说了一句，从长计议，这事也就没再提。但梅小竹也不是吃素的，他不提，不等于就忘了。他想干的事，还没有干不成的，如果好说，还可以好商量，就是逆事也能顺着办，可要想在他身上找饿食，吃"撬饭"，那就另说了。外面的人不知道，冯豁子清楚，梅小竹现在越来越拿这广源银号当回事，是因为这银号又多了一个叫宫崎俊的股东，且这个宫崎俊一进来就占了三成五的股份。冯豁子没问，心里也明白，这人的名字这么各色，一听就不像中国人。梅小竹这些年一直跟日租界的人有来往，后来干脆还在宫岛街上买了宅子。显然，这个叫宫崎俊的应该是个日本人。既然这广源银号已经有日本人的股份，他姓白的这回同样是捅了马蜂窝，只要把这事告诉梅小竹，梅小竹和日本人自会有办法让这姓白的把那两千大洋再乖乖地吐出来。况且还有一层，冯豁子想，自己毕竟是这广源银号的掌柜，再怎么说，这次的事也脱不掉干系，可跟梅小竹说了，等于不动声色地把责任抖搂出去，后面也就跟自己没关系了。

冯豁子打定主意，又去了一趟宫岛街。梅小竹没在家，说是又去唐山了。冯豁子就把这事跟梅小竹的外甥说了。这外甥叫唐林，说是外甥，其实只是个远房亲戚，不过是梅小竹的心腹，平时总不离左右。这时唐林听了，只是嗯一声，点头说，知道了。

果然，冯豁子从日租界回来的当天下午，梅小竹和日本人就来了。

这时白鹤飞已经听到风声。白鹤飞还是没摸清这广源银号的底细，本来以为这银号就是梅小竹的，没想到还牵扯着日本人，倘这样，这潭水也就是浑水了。白鹤飞是做"调门儿"生意的，当然明白，没必要跟日本人弄这些狗扯连环的事。

于是，白鹤飞立刻像一阵风离开了天津。

第 六 章

　　花厚子做事一向很周密，但从不患得患失。周密和患得患失还不是一回事。患得患失是拿不定主意，总怕哪点儿算计不到吃亏。周密则是想得细，只要想到了，想细了，一旦出手也就毫不犹豫。花厚子已把这事反复想了几天，这时感觉，应该已经万无一失了。

　　之所以还没动手，是因为没有合适的人。

　　花厚子虽和花薄子不一样，花薄子整天在街上到处乱飞，从早到晚像股旋风似的刮来刮去，而花厚子不能说深居简出，平时也很少在外面抛头露面，但天津从老城里到南市，就这么巴掌大的一块地界，他花氏兄弟在"调门儿"里也算是占地方的人物，更别说在街面儿上，早已是半熟脸儿，这次的事也就不可能亲自出面。既然不能亲自出面，就得另找一个稳妥的人。但这稳妥也得两说，一要功夫好，这回买卖虽不算大，可也不算小，况且又是金大成的事。金大成也不是等闲之辈，所以这事就得做得举重若轻，既拿得起，还得放得下。二是这人还得保棍。所谓保棍，是指人性，可别生意做也做了，成也成了，等拿了钱人却没影儿了，最后落个鸭子孵鸡，白忙活，这在道儿上可就成笑话了。

所以这两天，花厚子挺高兴。

看来占卜扶乩这类事不可不信，也不能全信。大年初一那个失目先生算着流年不顺，可现在看，也不是全不顺。这才叫想吃冰就下雹子，眼下正愁没人手，这个白鹤飞就自己飞着撞来了。花厚子想来想去，怎么想怎么觉着这个白鹤飞再合适不过，他是天津人，对天津地面儿上的事都熟，最关键是如果弄个外地人，金大成本来就生性多疑，一看肯定起疑心。可这白鹤飞既是天津人，又已离开这么多年，在这里早已经是个生脸儿，这就好办多了。

十一月初八是个黄道吉日。花厚子这天早早起来，洗漱完了，又按往常习惯烧了一炷香。烧香不为别的，只为图个顺。然后穿着衣裳，见孤丁来了，回头问，叫车了？

孤丁说，已经等在外面。

花厚子就出来，上了门口的胶皮。

街上挺清静，买卖铺子还都没开板儿，偶尔有赶脚儿的匆匆走过。胶皮拉着出了竹竿巷，往前拐过一个胡同口，就见白鹤飞正等在一棵槐树底下。

胶皮过来停下，花厚子招了一下手，白鹤飞就坐上来。

花厚子吩咐了一声，去北门里。

胶皮拉着就奔北门去了。

北门里大街已经有人，勤快的买卖家儿也开始卸板儿了。进了街，车就慢下来。往南走了一段，远远看见前面有个宽门脸儿的铺子。还没到跟前，花厚子就让车停下了，转头看一眼白鹤飞，又用下巴朝那铺子挑了一下。白鹤飞会意，也朝那边看了看。这铺子的门面虽不算太大，却看出透着一股股实的霸气。门脸儿的上头悬着一块朱漆大匾，写着几个泥金大字，"大成神草药材行"。门口的两个石头狮子也都扭着头，龇牙咧嘴地互相瞪着。

白鹤飞点了点头。胶皮沿着街筒子往南去了。

这个上午，花厚子刚回到竹竿巷，花薄子就带着孤丁来了。花厚子吩咐孤丁，中午去五福楼叫几个好菜，又特意叮嘱，叫一个"罾蹦鲤鱼"，告诉饭庄的厨子，颜色要红，多挂汁儿。花薄子一听就笑着说，看来今天这事，大哥的心里已经有根，是手拿把攥了？

花厚子说，不是这事有根，手拿把攥的，是白鹤飞这个人。

花薄子眨巴一下眼，没听懂。

花厚子说，一会儿再细说吧。

将近中午时，花厚子正喝着茶跟花薄子说闲话，白鹤飞回来了。花厚子放下手里的茶盏，看看白鹤飞。白鹤飞过来在桌前坐下，笑笑说，这个金大成，果然不是善类。

花厚子说，你我的脾气一样，他但凡是个善类，不招我，我也不会去碰他。

又问，怎么样？

白鹤飞就把上午的事说了一遍。

在这个上午，白鹤飞拎了个不大的蒲包来到北大街大成神草药材行。这药材行不像卖药的，进进出出的伙计也不像做药材生意的，一个个都横眉立眼，腰里扎着一巴掌宽的板儿带，倒有点儿像个脚行。这时一个伙计迎过来，见白鹤飞拎个蒲包，闹不清是来买药或谈生意的，还是来拜望谁的。打量了一下，就往里让。白鹤飞这才说，要见金大成。

伙计一听，说，稍等。就进后面去了。

一会儿，这伙计又出来，让白鹤飞进去。白鹤飞跟着来到后面的账房，见一个秃脑袋的胖子正跟几个人说话。心想，这应该就是金大成了。这时，这秃头胖子抬头见白鹤飞进来，上下打量了一下，不认识，就问，你要找我？白鹤飞又看看这胖子，见他四方大脸，肿眼泡儿底下拧着几条横丝子肉，说话也瓮声瓮气，眉宇间透着一股子骄横气，心想，看这人的面相，果然不是善茬儿。于是点点头说，是，有点儿事，专门来拜望金老板。

金大成嗯一声说，说吧。

白鹤飞就走过来，把手里的蒲包放到金大成面前的账桌上，又用手拍了拍说，头一次来，也不知拿点儿吗好，带了几样时新的东西，金老板别笑话我出手不高。

金大成朝这蒲包瞥一眼，皱皱眉说，我忙，有吗事你说吧。

白鹤飞又拍了拍这蒲包说，已经拿来了，金老板看一眼，也算赏脸了。

金大成这才不耐烦地把蒲包打开了，往里一看，一下愣了。这蒲包里整整齐齐地码着几摞大洋。于是慢慢抬起头，又看看白鹤飞，问，你到底有吗事？

白鹤飞这才把事先跟花厚子商量好的一套话说出来。

他说，自己虽是天津人，可几年前娶了个老婆是津西杨柳青的，这几年在南市开了个车行，生意虽不大，仗着地面儿上的照应，还算过得去。可谁知头些天，老丈人那边的家里突然着了一把火，一宿的工夫烧个精光，老婆在家不吃不喝，急出了一嘴燎泡，现在已经走投无路。想来想去，只能先把手头儿这几十辆胶皮倒出去，也好救个急，至于价钱多少自然也就讲不起了。

金大成一听乐了，脑袋一伸，问，你是想把这堆车卖给我？说着又回头看看账房里的几个人，哈哈一笑，这倒不错，我这药材行还没倒哇，就让你给改车行了，打八岔呀？

旁边的几个人也都跟着乐了。

白鹤飞说，倒不是这意思，现在买主儿已经有了几家，也都说有意，我自然是择着出价高的出手。我想的是，这车行开了几年，已经干熟了，现在把铺子倒出去，甭管谁接手，再反手租给我，这样我这车行还能接着开，每月交份子钱就是了。

金大成不懂车行的事，白鹤飞这一番话，已经听得有点儿糊涂，寻思了寻思，皱着眉问，你既然已经倒出去了，干吗又租回来，这不是来回折腾吗？

白鹤飞说，现在急等着用钱，为的是先把钱倒出来。

金大成不耐烦了，摆摆手说，行了行了，你这笔糊涂账留着跟买主儿算吧，现在只问你，来找我，这买卖打算让我怎么跟你做？先说好，车我是一辆不要，我对这行没兴趣。

白鹤飞一笑说，金老板误会了。

金大成又瞥一眼账桌上的蒲包，哼一声说，你说。

白鹤飞说，我一个开车行的，在街面儿上人微言轻，这宗生意在您眼里也许不叫个事，可说起来也不算小，就怕人家信不过我。现在果然有买主儿提出来，须在街上找个有头有脸儿的保人，且人家说了，不要人保，还得是铺保，说只有铺保才保裉，否则花钱买了这些车，再反手租给我，总觉着心里不踏实。说着又瞄一眼金大成，要说这天津卫，买卖铺子当然是多得数不清，可真能做铺保的，我还就信得过您金老板的大成神草药材行。

　　金大成这才明白了，噗地一笑说，你这人倒挺会说话。

　　白鹤飞正色说，我说的是实话。

　　金大成哼了一声，看出有点儿犹豫。

　　白鹤飞立刻又说，金老板放心，我做车行这买卖虽不大，可也是吃街上饭的，干这行，都是茅房拉屎，脸儿朝外的人，既然请您做铺保，事后肯定不会让您为难，当然，铺保也不让您白做，甭管我跟买主儿谈的份子钱是多少，都另外单给您两成，算是酬谢。

　　金大成听了又想想，眯起肿眼泡儿问，月月两成？

　　白鹤飞点头，月月两成。

　　金大成没再说话，显然是在心里画圈儿。其实这事要细想，倒也没什么不稳妥，说来说去还有这几十辆胶皮在，跑得了和尚跑不了庙，总不会让人空手套白狼。况且，也就是出面儿做个铺保，后面就身不动膀不摇，每月干拿两成份子钱。这么一想，就觉着挺划算。但金大成也是个不见兔子不撒鹰的主儿，又沉吟了一下，说，听你说话这意思，倒像个靠谱儿的人，不过生意场上有句话，当面银子对面钱，亲兄弟也得明算账，你这几十辆胶皮，我得亲眼看看，说句难听话，可别弄个隔山买老牛，最后我这铺保当的，哭半天还不知谁死了。

白鹤飞说，那就有劳金老板跑一趟，我的车在外面候着呢。

金大成又瞟一眼跟前的蒲包，就起身和白鹤飞一起出来。到药材行门口，果然有两辆锃光瓦亮的胶皮，正一前一后等在门外。头前拉车的是个瘦子，看着瘦，但很精壮，一见白鹤飞和金大成出来，立刻从肩上拽下手巾抽打了两下车座儿，又猫腰放下脚踏板儿。后面拉车的是个敦实个儿，看着也挺利落，一见人出来，也忙着掸车座儿。金大成来到跟前，朝这两辆胶皮端详了端详，寻思一下，好像又改主意了，回头朝铺子里看一眼说，我待会儿还有个要紧事，改天吧，改天你再来跟兑保，捎带着把保单拿回去就行了。

白鹤飞说，也好，改天来时，我就把这个月的份子钱也一块儿捎过来。

金大成哈哈一笑，看出来了，你这人，挺地道。

说完就转身回去了。

这时，花厚子听了笑笑说，这就行了，这回，他金大成就等着掏银子吧。

花薄子眨着眼问，这么简单？

花厚子说，当然不简单，这也是白兄的本事。

白鹤飞笑笑，没说话。

花厚子对白鹤飞说，你明天去找金大成，把铺保兑了，后面就没你的事了。

白鹤飞说，后天去吧，晚一点儿，先抻着他。

第 七 章

金大成从不信神鬼。当年偷坟掘墓，半夜挖出死尸扒首饰，从来都是一个人干。有一回刚把棺材盖掀开，突然窜出一只黄鼬在眼前一闪，金大成连眼皮都没眨。可这几天，总觉着两边的眼皮子跳。金大成的心里就有点儿嘀咕，老话儿说，左眼跳财，右眼跳灾，现在两个眼皮子一块儿跳，一下就吃不准，究竟是好事还是坏事。

果然，没过几天就出事了。

先是一笔已经到手的买卖，眼看着煮熟的鸭子又飞了。几天前有人传过话来，说是有一批枸杞，从宁夏过来的，是正宗中宁的宁安堡枸杞。金大成的心里也明白，哪有那么多的宁安堡枸杞，说是宁安堡的，还指不定离中宁有几千里地。但是不是宁安堡的，金大成倒不在意，既然打的是宁安堡的旗号，也就只管当宁安堡的卖。可这笔买卖已经说得好好的，还没到天津，半道儿上就让人给截了。虽说是截，不是劫，可在金大成这儿都一样，都是这批货没了。金大成一听火儿就顶了脑门子。截这批货的如果是一般人，金大成自然不答应。买卖道儿有买卖道儿的规矩，金大成还就是不怕吃饿食的。可听说，截下这批枸杞的是日本人，这就没办法，只能忍气吞声了。

其实金大成跟日本人也有生意上的来往。头年春天，日本人听说中国有一种虎骨酒，是好东西，男人喝了能强筋壮骨，就来找金大成，说先要一坛，回去试试。金大成过去也跟日租界的日本人做过生意，可自从日本人的军队开进天津，就不敢跟这些人打交道了。这次来找金大成的这日本人叫小林信二，当初在日租界也是开药店的。金大成的药材行还真有虎骨酒，不过不是用虎骨泡的，是猫骨，反正往坛子里一泡，买的人也看不出来。但这回一看是这个小林信二要，知道日本人心眼儿多，不好糊弄，就真弄了几根虎骨。可看着又太少，怕不够，就还是掺了点儿猫骨头。这个小林信二把这虎骨酒弄回去，过几天又来了，说果然挺好，还要几坛子。但这回金大成就没处去弄虎骨了，只好全用猫骨头。就这样，又连着卖给这小林信二十几坛假虎骨酒。可后来才听说，敢情这个叫小林信二的日本人有来头儿，并不真是开药店的，跟"红帽儿衙门"里的人也有关系，再一细问，竟然是海光寺日本驻屯军司令部的人。金大成这一下惊出一身冷汗。他当然知道日本人的脾气，都是狗脸，今天跟你嘻嘻哈哈，一块儿吃饭喝酒，生意也做得好好的，可说不定哪天一翻脸，就能把你弄死。心想，这种刀尖儿舔血的买卖可不能干了，弄不好别说这买卖铺子，连自己的小命儿都得搭进去。这以后，这个小林信二再来买虎骨酒，就推说没货，不敢再卖了。

这回截了这批枸杞的，正是这个小林信二。他明知这批货是金大成的，还是硬给截下了。金大成觉着这事不光窝火，也挺丧气。这些年别管做偏门儿还是正道儿生意，最忌讳的就是放空，大小买卖都一样，不做是不做，一旦做了，开弓就没有回头箭，要么赚，要么赔，都得有个结果。但这回搅了这买卖的是日本人，也就只能黑不提白不提了。

就在这时，法院的传票又来了。

金大成接到传票又是一愣，再细一看，才知道，这官司是为那个车行，也就是自己做铺保的那桩买卖。等来到法院，一看站在法庭门口的不是那个开车行的人，而是面带微笑的花厚子，立刻又一愣。金大成现在虽已金盆洗手，不再碰道儿上的买卖，但还是通着"荣门儿"的人，对道儿上的事也就都门儿清。这花厚子和花薄子两兄弟虽没打过交道，也早有耳闻，知道在"调门儿"里都是有名有姓的角色。头些日子，金大成在鼓楼的天宝斋让人做了一下，事后，听伙计学说这事的原委，就知道这不是一般"鸟儿屁"干的事。再一打听才知道，果然是花薄子干的。金大成明白，"调门儿"比"荣门儿"讲规矩，花薄子好好地突然来天宝斋做这么一下，其中肯定有缘故。倘真有缘故，也就应该在"荣门儿"这边。等把"荣门儿"的人叫来细一问，才把事情捋清了。原来是这边的青皮荣了"调门儿"一个叫念三儿的，这念三儿气不过，花薄子才出面替他出气，用两根黄铜做的假金条把大天儿的一件蓝狐皮斗篷给钓去了。肯定是钓了这狐皮斗篷还觉着不解气，这才又来天宝斋敲了这一杠子。由此金大成也就明白了，看来自己跟"荣门儿"的关系，在街上已是公开的秘密。花薄子敲天宝斋自然不是冲着"荣门儿"的青皮和大天儿，他哥儿俩也没这台面儿，而是冲着他金大成。但让金大成没想到的是，这个自称开车行的人，竟然跟这花氏兄弟也是一伙儿的。金大成在心里暗暗骂自己，玩了一辈子鹰，最后让鹰鹕了眼，也是活该。

金大成毕竟知道街上的这潭水有多深，也就明白，这回是在劫难逃，肯定得破财了。

等到了堂上，金大成才明白，敢情鹕自己眼的表面是这开车行的人，可这场官司的原告，竟然是花厚子。花厚子在堂上诉称，自己是被一个叫云里飞的人给骗了。这个云里飞诈称手里有三十六辆人力车，皆八九成新，因急等用钱，想出手，出手以后再回租，以按月交份子钱的方式继续经营这个车行，又请金大成用大成神草药材行做铺保，且承诺，成交后即预付十个月的份子钱共计一千四百四十块大洋，原告已替云里飞向被告铺保付了保银，也已经预交了两成份子钱。可现在，这个叫云里飞的拿了卖车的三千七百八十块大洋已不知去向，再一查，这三十六辆人力车纯属子虚乌有。如此几项累计，因大成神草药材行做铺保的这笔生意损失的总额，就该是五千两百二十块大洋。现在这个云里飞已找寻不到，无法对案，如果按被告铺保的保单明文开列，原告这笔交易，均由被告以铺子担保，倘有不测悉数赔偿。据此，原告请求法院裁定，所受损失连同铺保的保金以及预付的份子钱总计五千三百二十八块大洋，均由大成神草药材行赔付。然后，就把被告铺保的保单呈到堂上。白纸黑字，果然都写得明明白白，又有双方的签字画押，还按了手印。如此一来，这场官司也就成了一边倒的官司。

法院一锤定音，当堂就审结了。

金大成到这时才明白，到底还是弄了个隔山买老牛。从堂上下来，已是将近晌午。金大成出了法庭来到大门口，一张四方大脸已气得煞白，冷得能掉下冰碴儿来。抬头看见花厚子正站在街边，忽然笑了，走过来眯起眼说，早就听说你花厚子的大名，今天算领教了。

花厚子也笑笑，说，金老板，我等着，银子大洋我都收，金条也行。

金大成瞪起眼，看着花厚子。

花厚子又说，只是尽快结了吧，我等钱用。

说完，花厚子就上了一辆胶皮走了。

金大成看着远去的花厚子，瞪着眼，气得半天说不出话来。

金大成虽然已经不做道儿上的买卖，但毕竟清楚道儿上的事。几天以后，也就把这件事的前前后后都倒腾清楚了。显然，这是花厚子事先做的套儿，跟那个叫云里飞的二人打了一个"过桥儿"，凭空变出三十六辆人力车，来了个空手套白狼。但明知是这么个事，却又没有任何把柄。没把柄，法院又已具结，这案子要想再翻过来也就不可能。可明知不可能，金大成也还是想闹明白，这回就是栽，也得知道到底栽的哪个坑里，又是栽在谁手里了。

此时金大成最感兴趣的，是这个叫云里飞的人。天津卫的道儿上，"风、麻、燕、雀"四大门儿，再加上"金、皮、彩、挂、平、团、调、柳”，外带“七十二阁捻”，金大成虽不敢说脚面水平蹚，也都门儿清，却还从没听说过有个叫云里飞的。现在突然冒出这么个人，听口音还就是天津此地人，金大成就闹不清，这人到底是怎么个来头儿。

这时，金大成也已到了山穷水尽的地步。法院判了官司，不是判了就判了，案子已经具结，黑不提白不提装王八蛋肯定不行，输了官司就得掏钱。可五千多块大洋也不是个小数，金大成又是个瘦驴拉硬屎，死撑面子的人。他在天津地面儿上不敢说踩一脚乱颤，也是名声在外，如果输了一场官司，最后却连五千多大洋都拿不出来，以后在街上也就没法儿混了。可话又说回来，拿不出来还就是拿不出来。金大成这几年已不沾旁门左道，也就把手头儿的钱都投在几个铺子上，一时别说五千大洋，就是两千也凑不上手。在家里想了几天，只有一个办法，既然当初是拿这北大街上的大成神草药材行做铺保，也就只能把这铺子盘出去了。好在金大成一直有这心思，鼓楼跟前已有自己的一个天宝斋，另几个铺子也都在这附近，这个大成神草药材行离得太近，不光招眼，也怕有仇家在暗中做扣儿，早就想出手。头些日子，又已在东马路和西关大街各开了一个分号，现在这铺子盘出去也就盘了。

北大街自然是个寸土寸金的地方。金大成要盘大成神草药材行这话一放出去，这样的旺铺自然有人抢着要。没几天，买卖也就谈成了。但谈成了买卖，金大成又跟买主儿提出个条件，铺子交割时要现洋。买家儿一听虽然答应了，可谁的手里也不会压这么多现洋，筹措得有个时间。这一来，就又耽搁了几天。等把铺子过了手续，金大成当天雇了一辆车，把这五千多大洋装了几个口袋，就招摇过市地给花厚子拉过来。花厚子这天正在北马路上的小得意茶馆谈事，念三儿跑进来说，金大成带着一辆大车来了，正等在茶馆门口。

花厚子出来一看，就笑了。

金大成正站在大车边上，一见花厚子出来，也哈哈一笑，手朝车上一指说，我金大成在这天津卫是站着尿尿的，玩得起就输得起！你过过数吧，眼瞪大了，看清了，我这车上可是清一色的"袁大头儿"，你要是挑出一个"孙小头儿"来，就扔到我脸上！

这时花厚子已经看见了，大车上拉的是满满的几个口袋，显然都是现大洋。

金大成又喷着唾沫星子说，我今天要给了你一个"鹰洋""站人儿"，就算我栽了，你只管拿戥子来称，个顶个儿都是七钱二厘银子，货真价实！

花厚子听着，只是笑而不答。金大成不光输了这场官司，且明显是让人坑了一鼻子，现在已经听说，连北大街上的大成神草药材行都卖了，说两句硬话壮一壮寒气，也就由他说了。于是吩咐身边的念三儿，去叫几个人来，先卸车过数。金大成却一伸手拦住了，说，先等等，我金大成要吃亏，也得吃在明处，那个叫云里飞的王八蛋在哪儿？我得见见他！

花厚子说，金爷，你这话就外行了。

金大成眨巴眨巴眼，怎么外行了？

花厚子说，就是找后账，也没这么找的。

金大成又哼一声，我跟这小子有话说！

花厚子说，话要这么说，我只能告诉你，我也正想去津西杨柳青找他呢。说着回头朝念三儿喊一声，告诉他们，卸口袋慢着点儿，这可都是真金白银，口袋一破就散了。

然后才又说，我跟他的账，也还没算清呢。

花厚子的声音虽不大，可这话越说越气人。

金大成本来就是个粗人，刚才这样说，不过是压一压寒气，给街上人听的，这时实在忍不住了，呼地一撸袖子，接着嘎嘣一按，就从腰里抻出板儿带。花厚子一见他要动粗，不慌不忙地说，金爷也是见过世面的，咱刚过了堂，现在要是再去局子，就没劲了吧？

金大成使劲咽了口唾沫，又把板儿带在腰里系上了。

花厚子点头笑了，到底是金爷。

金大成也歪嘴一笑说，好，好好，算我经师不到，学艺不精！

花厚子嗯了一声，你就这句话说到点儿上了，往后，吃一堑长一智吧。

金大成使劲喘了口气，冷冷一笑说，别忘了，饿食难咽，你也小心吧。说完就跳上大车，咕噜咕噜地走了。

第 八 章

　　白鹤飞当年曾来过竹竿巷，对这一带还有印象。这地界离南运河近，虽然胡同里都是做竹子生意的，人也多，可还是比侯家后那边清静。金大成的这场官司完了之后，白鹤飞本不想再跟花厚子和花薄子这伙人来往。倒不是不喜欢这花氏兄弟，只是不想走动。"调门儿"这行要说起来，不是个热闹生意，讲的是来去如风，越生脸儿越好。走在街上碰见十个人，有八个认识，这买卖就没法儿干了。所以这些年，白鹤飞一直习惯独来独往。

　　花厚子显然也不是个爱交往的人。但这场事完了，又特意请白鹤飞吃了两次饭。第一次在家里，为的是结账。当初讲好，事成之后六四拆账，花厚子六，白鹤飞四。但真到分钱的时候，花厚子又说，还是对五吧。对五，在道儿上叫"刀切账"，也就是五五对开的意思。白鹤飞一听就笑了，说，没这道理，当初说好六四，怎么好好的又刀切账了。花厚子也笑笑，喝了口酒说，正所谓此一时彼一时，开始想简单了，真到事上才看出来，这金大成还真是个难剃的头，亏你白兄运筹帷幄，稍微含糊点儿的，这场买卖还真做不下来。

白鹤飞半开玩笑地说，花兄给我个刀切账，不会是耗子拉木锨吧？

花厚子说，这倒不是，要说你白兄这人，说心里话，我是真喜欢，喜欢是因为投脾气，其实投脾气的人很难遇上，不过人跟人只能随缘，缘分深浅，是天定的。

白鹤飞说，既然如此，我就恭敬不如从命了。

花厚子第二次请白鹤飞吃饭，还是在家里。这次叫菜没在五福楼，而是特意吩咐孤丁跑了一趟闲人居。花厚子跟白鹤飞解释，按说这日子口儿，本该去闲人居，但知道白兄的脾气和自己一样，都不爱在外面抛头露面，就还是家宴吧，好在这竹竿巷离闲人居不远，让饭馆儿伙计装提盒儿时，把菜捂严实，估计送过来也不至于凉了。

这顿饭喝的又是南路烧酒。花厚子一边喝酒，一边问白鹤飞，眼下住哪儿，后面怎么打算。见白鹤飞吞吐了一下，好像不太想说，就又说，没别的意思，知道白兄出去年头儿多了，这次回来，想必住的地方不一定方便。白鹤飞这时的住处确实不太方便。当年走的时候没想过还回来，房子已经卖了，现在回来了，一直暂住在南马路的一个客栈。这客栈虽然清静，也挺干净，可毕竟不是长久之计。这时花厚子一问，又不便直说。花厚子已经看出来，就说，我问白兄的意思，是想说，如果眼下住的确实不便，我在新街东头有一处闲房，东西都现成，让人收拾一下，可以搬那儿去住，先安顿下来，等日后有了长久的想法，再做打算。

这话倒说到白鹤飞的心里了。这次回天津，是叶落归根，还是完了事再远走高飞，白鹤飞还真没想好。况且就算留下来，买房子也没这么现成。倘花厚子这里有闲房，倒是个权宜之所。心里这么想着，也就说，那就要打扰花兄了。花厚子说，打扰说不上，我这房子闲着也是闲着，手使的东西也都方便，让孤丁带念三儿几个人去打扫一下也就行了。花薄子也在一旁说，白兄只管放心，知道你的脾气，你住那儿，没人去打搅，你有事只管去忙，平时让念三儿常去扒个头儿，有事吩咐他就行了。说着就叫过孤丁，让他带着念三儿几个人去收拾。

　　这天下午，白鹤飞就搬到新街东头这处闲房来。

　　孤丁和念三儿都有眼力见儿。看收拾停当了，孤丁就过来说，白爷您歇着吧，以后让念三儿隔三岔五来扒个头儿，您有事，跟他说一声就行。说完，就带着人走了。

　　白鹤飞稍稍歇了一下，傍晚时就来到街上。

　　新街也在北门外，离花厚子的竹竿巷不远。竹竿巷在新街的北面，是东西向，新街也是东西向，但花厚子住竹竿巷的西头，这处闲房在新街的东头，也就还有一段距离。新街东口儿顶着北门外的直街，再往北是北大关。这一带挺热闹。不过花厚子的这处闲房虽在东口儿，却窝在路北的一片小树林后面，也就挺清静。白鹤飞从新街东口儿出来，往北走了一段，又朝东一拐进了汪家胡同。汪家胡同紧挨河边，往里走了几步，就见一个小胡同口儿的墙角立着一块石碑，上面刻着两个魏碑大字，"梅巷"。这巷子并不起眼，也挺清静。再往里走，是个高墙大院。这院子虽然隐在巷子深处，却能看出殷实的气势。这时身后有脚步声。白鹤飞没回头，东瞅西看，继续往前溜溜达达，似乎是个外乡人，误进了这个小胡同。身后一个年轻女人提着小篮儿走过来。篮子里放着几块麻糖和几样点心，看样子是个下人，刚从街上买了东西回来。这女人走过白鹤飞的身边时，朝他看了一眼，然后就敲开院门进去了。白鹤飞看着这扇大门哐当一声关上了，走过来，仰起头朝这院墙看了看。这时，院子里传出说话的声音，挺清脆。听得出，是两个年轻女子在说笑。

白鹤飞又听了听，就转身从这个小胡同里出来。

晚上，念三儿又来了。念三儿说是扒个头儿，还真就扒个头儿，推门探进脑袋问了一句，白爷，没事吧？问完脑袋一缩，就要走。白鹤飞立刻把他叫住了。念三儿进来，一看洗脸盆里有水，就端出去倒了，又打了一盆清水进来。白鹤飞喝着茶，跟他闲聊着问，这北门外当年买卖铺子挺多，人也多，现在怎么清静成这样了。念三儿在白鹤飞的跟前一直不太敢说话，这时一听问这个，就放下脸盆说，是呀，过去这侯家后光窑子就一家儿挨一家儿，现在不行了，买卖铺子连窑子，都往南门外那边去了，做买卖的在南市，开窑子的在"三不管"西头，那边有一条西花街，都跑到西花街上去了。念三儿一说起西花街，立刻更来精神了，比比画画地说，这西花街看着不长，也分南街和北街，这两街又分北帮和南帮，占南街的是北帮，占北街的是南帮，逛窑子的去了那儿也就像下饭馆，爱吃哪口儿吃哪口儿。

白鹤飞好奇，问，这南帮和北帮是怎么回事？

念三儿说，南帮是南边过来的，连鸨子也是那边的，北帮是天津本地的，也有关外的。

白鹤飞问，有个花戏楼，是南帮还是北帮？

念三儿一听就笑了，说，按说这花戏楼，还不是正经的库果窑儿。

念三儿说的"库果窑儿"，白鹤飞当然懂，道儿上把女人叫"果实"，妓女叫"库果儿"，妓院叫"库果窑儿"。街上的人把妓院叫窑子，逛妓院叫逛窑子，也就是这么来的。

念三儿又说，这个花戏楼里的艳春班要说起来，就是一班子唱青衣花旦的，兔子倒有，也不明说，对外都只说卖艺不卖身。说着又噗地乐了，不过真不卖还是明着不卖暗里卖，就没人能说得清了，要这么说，也应该算是北帮。

白鹤飞点头笑了一下。虽然离开天津这些年，但也懂，天津人把男妓叫"兔子"。念三儿又看了白鹤飞一眼，说，我也只是听说，这个艳春班的领家儿在街上官称姚四姐，人挺敞亮，这西花街从南头儿到北头儿，连犄角旮旯儿的事，没她不知道的。

白鹤飞听了，又哦了一声。

第 九 章

　　白鹤飞还是爱穿西服。西服看着硬挺，摸着也硬挺，
穿起来却像是长在身上，很熨帖，不光熨帖也有型。一件
这样的衣服穿在身上，也就显得很有派。白鹤飞偏又选了
个玫瑰紫的领结。白衬衣，紫领结，米色西服，外面再披
个暗褐色的貂皮斗篷，走在"三不管"的街上就有点儿扎眼。
好在往西一拐就进了西花街。来西花街的人大都藏着心思，
只顾仰着脖子东瞅西看地踅摸，况且不光外地人，还有洋人，
多稀奇古怪的打扮都有，白鹤飞的这身装束也就不显得扎
眼了。拐进西花街，又往前走了一段儿，远远地就看见花
戏楼了。

　　这次来花戏楼，是上一次来的几天以后。

　　几天前的晚上又白来一趟。不过说白来，也没白来，
认识了这里的领家儿。领家儿是个挺年轻的漂亮女人，看
样子三十来岁。所以那天晚上念三儿一说姚四姐，白鹤飞
就想起来，应该就是这个女人了。其实人也像虫子，事先
有一只无形的大手，在前面为你划了一道指甲印儿。你愿

意也好，不愿意也好，都得沿着这个指甲印儿走，往左拐往右拐，碰见谁碰不见谁，都是预先给你定好的，就是本事再大的人，也爬不出这道指甲印儿。

白天的花戏楼不像晚上。晚上灯一亮，红红绿绿的像个浓妆艳抹的女人。这时在上午的太阳底下，门脸儿虽是朱漆金匾，还是显得有些灰头土脸。白鹤飞来到门口，已经听到里面的锣鼓家伙在叮叮哐哐地响。一个伙计迎出来，赶紧往里让。白鹤飞往里走着问伙计，姚四姐在不在。这时伙计已认出来，是个来过的熟客，到里面先让到一个茶桌跟前坐了，凑近了低声说，您稍等，就转身走了。园子里挺暗。台上唱的是折子戏，看不出是哪一出。底下的茶座儿稀稀落落，台上的演员也没精打采，唱得有一句没一句。

工夫不大，伙计来了，冲白鹤飞打了个手势。

白鹤飞起身跟过来。上了二楼，来到一个小包厢。姚四姐一见就笑着迎过来，一边为白鹤飞卸下斗篷，一边笑着说，您果然说话算话呀，说几天以后再来，还真就来了。

白鹤飞也笑笑，我是慕名，怎么能不来。

姚四姐一撇嘴，慕名是慕名，只怕不是慕我的名吧。

白鹤飞故意看看姚四姐，怎么？

姚四姐嘻嘻一笑，那天晚上，您哪是来看戏呀。

白鹤飞明白了，这姚四姐不愧是干这行的，她眼前还真藏不住事。姚四姐看出白鹤飞的心思，又一笑说，就您这派头儿，往我这小小的花戏楼一坐，还不是羊群里出了个骆驼呀。说着又斜起眼，来我这儿的男人，无非是冲着两样儿，要么看戏，要么看人。

白鹤飞故意说，四姐这话，我听不懂。

姚四姐又噗地一笑，您是真不懂啊，还是装不懂？

白鹤飞正色说，真不懂。

姚四姐说，好吧，我就当您真不懂，这话是这么说，来这儿真看戏的就不用说了，看人的，还不明白吗？不过先说下，我这花戏楼可不是街上的"库果窑儿"，干净着呢。

白鹤飞也笑了，点头说，明白了，四姐的话，我信。

姚四姐又瞄一眼白鹤飞，不过要我看，您来我花戏楼，这两样儿都不冲。

白鹤飞看着姚四姐，没说话。

姚四姐说，那天晚上，您的心思根本就没在台上，俩眼一个劲在底下乱踅摸。

白鹤飞的心里一动。看来那天晚上，自己坐在下面的一举一动，这姚四姐早已都看在眼里了。这时，姚四姐回头看一眼伙计。伙计就转身出去了。

姚四姐这才凑近了说，打个哑谜吧。

白鹤飞点头，嗯了一声。

姚四姐说，您来的，又不是时候。

白鹤飞问，你说，那天晚上？

姚四姐说，今天也是。

白鹤飞没说话。

姚四姐说，该是下午，我这儿下午是青衣戏，那姐儿俩爱看青衣，一般都是下午来。

白鹤飞笑着说了一句，谢谢四姐。

说罢，掏出一块大洋放在小桌上，就起身下楼了。

从花戏楼出来，已是将近中午。白鹤飞原想去"三不管"转转，捎带着喝碗羊汤，又觉着自己这身打扮，去那种地方不太搭调，就随手叫了一辆胶皮，回新街来。在门口儿的小饭馆叫了两个菜，中午吃了饭又歇了一会儿。下午起来，正喝着茶，念三儿来了。念三儿一来又是在门口扒个头儿，问了一句，白爷没事吧？说完一缩头又要走。

　　白鹤飞把他叫住了。

　　念三儿看出白鹤飞有话，就进来了。

　　白鹤飞说，我上午去西花街的花戏楼，看见姚四姐了。念三儿一听说到花戏楼的姚四姐，话立刻又多起来，说，这姚四姐可是个老江湖，见过大棒槌的。

　　白鹤飞用手指了一下跟前的凳子，示意让他坐。

　　念三儿就欠着屁股坐下了，又说，这姚四姐早先在"三不管"的园子唱铁片儿大鼓，她师父有口子累，好抽大烟，后来又扎上了吗啡，再后来在台上给姚四姐架着弦儿，脑袋一歪就死了。姚四姐这才改行下了戏班，一来二去唱了几年，自己也有了点儿底子，大概还有别的事，就在这花戏楼拴了个艳春班，自己也就不上台抛头露面了。

　　白鹤飞一听笑笑说，要这么说，这姚四姐当初也是个角儿啊。

　　念三儿歪嘴一笑说，看怎么说。

　　下午，白鹤飞又来到西花街上的花戏楼。这回门口的伙计一见，就径直引到二楼的小包厢来。姚四姐已经等在这儿。小桌上摆了几碟干果，见白鹤飞进来，让伙计沏了茶端上来，低声说，今天下午的戏码儿不硬磕，就不知道，您这趟是不是又得白跑。

说着又一笑，真白跑了，您可别骂我。

白鹤飞也笑笑说，看见四姐了，就不算白跑。

姚四姐眼角一斜说，您可真会拿话填搁人儿。

又问，听说话这意思，您也是天津此地人哪？

白鹤飞说，是倒是，不过出去的年头儿多了，最近刚回来。

姚四姐又试探着问，已经出去这些年了，还知道天津卫的事？

白鹤飞明白姚四姐问这话的意思，端起茶盏吹着气，喝了一口说，天津这地界，要问市长是谁，兴许有人说不上来，问梅小竹，怕是没有不知道的吧。

姚四姐点点头，这倒是。

又说，还没敢问您的尊姓呢。

白鹤飞说，姓黄，黄麻子的黄。

姚四姐噗地乐了，一撇嘴说，您黄爷别说没长麻子，就是长了麻子，也比那黄麻子受看，他自个儿觉着是个角儿，还傻不错儿，总把自己当根儿葱，可谁拿他炝锅呀！

白鹤飞一口茶差点儿喷出来，放下茶盏说，四姐这话，可真够损的。

姚四姐一摆手，我们这行吃的是开口儿饭，嘴都没把门儿的。

瞄一眼白鹤飞，又问，黄爷这几年，在哪一行发财呀？

白鹤飞反问，四姐看我像做哪行的？

姚四姐又上下打量打量白鹤飞，摇头说，还真看不出来。

白鹤飞说，看不出来就对了。说着又喝了口茶，我手上没事，当然看不出来。

姚四姐笑了，敢情是个大闲人哪。

白鹤飞说，就算是吧，当年祖上是朝廷的御医，到父亲这辈还是干这行的，我从小就跟着去了南边，先是江浙，后又到湖广，再后来又回江浙，这些年一直漂泊不定。

说着，掏出烟，递给姚四姐一支，自己也点着一支抽着说，这些年赶上方便，也回来过几次，不过都是蘸个糖墩儿，也就是玩玩，没吗正经事。

姚四姐说，这就明白了，要这么说，还得叫您黄少爷呀。

沉了一下，又试探着问，黄少爷这趟回来，有吗事？

白鹤飞说，要说这趟来，还真有点儿正经事。

姚四姐抬起眼，见白鹤飞不往下说了，也就不再问。

白鹤飞抽了几口烟，才又说，其实说也无妨，我这次回来，是要替家里收一点儿稀有的药材。

姚四姐一听就笑了，说，这可新鲜，天津这地界能有吗稀有药材？

白鹤飞说，是呀，天津不出药材，可出人哪。

姚四姐眨眨眼，还是没听懂。

白鹤飞故意岔开说，这下午，果然比上午人多呀。

姚四姐哦了一下，就说，黄少爷先坐，我去看看。

说完就起身下楼去了。

一会儿，姚四姐回来了，一进包厢没说话，用眼朝楼下的茶座儿一挑。白鹤飞会意，欠身朝下面看去，就见离戏台不远的一个茶桌跟前，坐着两个年轻人。这两个年轻人显然都是富家子弟，一个穿的是一身白西服，另一个穿的是藏青色西服，头上都戴着一捏褶儿的礼帽，把帽檐儿压到齐眉处。因为坐的地方靠后，又靠边儿，旁边还有几桌客人，喝茶聊天的声音挺大，这两个年轻人也就不太显眼。白鹤飞朝下看着，又仔细瞄了瞄，就从这两人的脖颈儿看出了破绽。他们衣领露出的脖子都很白皙，男人一般长不出这样的脖子。白鹤飞眼尖，接着又从他二人的耳朵上也看出了毛病。他俩的耳垂上，都有坠眼儿的痕迹。

姚四姐凑过来，低声说，黄少爷听我一句劝，您就别想别的了。

白鹤飞慢慢回头，一笑问，四姐怎么知道我想别的了？

姚四姐让白鹤飞这一问，噎了一下，跟着就挤眼笑了，黄少爷别忘了，我四姐在这花戏楼拴班也不是一天两天了，吗事没见过？别说您，多痴情的少爷，寻死觅活的都有。说着又凑近了，把声音压得更低，您那晚来了，跟伙计一打听这梅家姐儿俩，我就明白了。

白鹤飞睃了姚四姐一眼，不动声色地说，看来到底是四姐，名不虚传哪。

姚四姐一听有几分得意，这么说吧，戏文里有句话，窈窕淑女，君子好逑，这天津卫可是个大地方，要说起来，南来北往多阔的主儿都有，况且又是水旱码头，当年梅小竹别说在天津，往北到唐山奉天，往南到德州济南，一打听也算个人物，梅家这姐儿俩早就名声在外，多少富家子弟来求亲，说句话您别过意，但凡容易一点儿，还能等到您黄少爷来吗？

白鹤飞听了，沉吟着没吭声。

姚四姐又说，这梅小竹，直到今天也是个谜，有人说是跟日本人做生意，把日本人得罪了，人家一翻脸就把他弄死了；也有人说，是他自己跟船去南边贩私货，让水上黑吃黑的给做了；还有人说是得了暴病，半夜死在一个女人的肚子上了。可甭管怎么说，好好的一个大活人，说没就没了，至今活不见人死不见尸，梅家的人对这事也一直一个字儿不提。

白鹤飞说，是呀，这就叫无常。

姚四姐又叹了口气，要说这梅家两个小姐，都是读过书的，也通些文墨。说着又噗地一笑，看您黄少爷，一说起这梅家的两个小姐，眼瞪得跟包子似的，至于吗？

白鹤飞说，四姐拿我取笑。

姚四姐说，就跟您说了吧，这梅家姐儿俩只差一岁，都是十七八的年纪，大的叫梅桃，小的叫梅杏，她们常来我这花戏楼听戏，可这样两个堂堂的梅家小姐，总跑到西花街来，又怕人家说闲话，也招眼，这才总是这身打扮，装成两个少爷，在街上也方便。

姚四姐又看一眼白鹤飞，实不相瞒，这姐儿俩，跟我也挺熟。

白鹤飞哦了一声，要这么说，以后兴许还真有酬谢四姐的时候。

姚四姐连忙摆手，别价，最好别有谢的时候。

说着接过白鹤飞递来的烟卷儿，点着抽了一口，又说，谢不谢的先搁一边儿，这西花街上没有省事的，别给我找麻烦，我就念佛了。接着又正色说，黄少爷，您以后打算怎么谢我，那是您的事儿，不过有句丑话，我得先说头里，刚才我说的这些，可都是您问的，以后别管怎么着，这里边干的湿的都跟我没一点儿关系。说着又拿眼盯住白鹤飞，我这话的意思，您明白吗？别日后有个马高镫短，跑来拿我是问，那可就没意思了，说句好懂的，我就是真想挣这份儿跑洋河儿的皮条钱，也犯不着去花戏楼的外面是不是？

白鹤飞端起茶盏说，四姐的话有理，你放心，我听明白了。

这时，白鹤飞跟姚四姐说话，眼一直朝楼下瞭着。显然，下面的梅家姐妹似乎已感觉到了楼上有人。两人低头嘀咕了几句，又哧哧地笑。姚四姐看出这姐儿俩有要走的意思，朝白鹤飞使了个眼色，就赶紧起身下楼去了。白鹤飞会意，也跟着下来。

姚四姐来到楼下的茶桌跟前时，这姐儿俩已经站起来。

姚四姐笑着说，二位少爷，今天的戏码儿不硬磕，要走？

穿深色西服的扒在姚四姐耳边小声说了几句话。姚四姐一边听，一边点头嗯嗯着，就给跟过来的白鹤飞介绍，这两位怎么说呢，嗯，这么说吧，是梅家的两位少爷。

白鹤飞笑笑说，看出来了，肯定都是大宅门儿里出来的。

姚四姐又说，这位也是少爷，黄少爷，刚打南边儿回来。

梅家姐妹一听，又都哧哧地笑。

白鹤飞一本正经地说，二位梅少爷，幸会。

梅家姐妹有些羞涩，立刻都红了脸。

白鹤飞想了一下说，我也是刚回来，天津没吗朋友，请二位少爷喝个茶，能赏脸吗？

说着，又用眼角朝旁边的姚四姐看了看。

姚四姐赶紧笑着摆手，往后退着说，你们这里边儿盐没我的，醋也没我的，几位既然已认识了，你们自己聊吧，我那边还有事，先不陪了。

说完又朝白鹤飞挤了一下眼，就转身要走。

梅家姐妹一看都急红了脸。穿深色西服的上前要拉姚四姐，但一把没拉住，姚四姐已经一溜烟儿地走了。白鹤飞笑笑说，二位少爷就别客气了，俗话说，四海之内皆兄弟，遇着了，就是缘分。穿深色西服的倒爽性，头一抬说，黄少爷，要是这么说，就恭敬不如从命了。

三个人从花戏楼出来。门口的伙计已在街上叫了两辆胶皮。白鹤飞上了前面的一辆，梅家姐妹坐上后面的一辆。两辆胶皮一前一后，就奔南市这边来。

第 十 章

　　白鹤飞这些年不爱与人交往，还不光是因为干的这路生意，也是脾性。

　　与人交往也分两种，一种是纯粹的交往，没来由，没目的，也没图谋，说白了就是随性。这种交往深了是它，浅了也是它，但不管深浅，对方都是朋友。既然是朋友，深了浅了也就都无所谓。还一种交往则是有目的的，为了达到目的，不管是不是朋友都得交往。白鹤飞就属于这后一种，这些年也没一个真正能说得上的朋友。白鹤飞知道自己，倘不是为了达到目的，他不想跟任何人交往。不过这种为了达到目的的交往也有个最大的好处，就是不累。跟朋友交往，如果不爱听的话不听，不爱做的事不做，多少年的关系也许两句话过来就掰了，所以得迁就。为达到目的的交往当然更得迁就，不爱说的得陪着说，不爱做的也得陪着做，可这些说的做的都串皮不入内，为的是达到目的，即使累一点儿也就认头。

　　这个下午，白鹤飞和梅家姐妹来到南市的一个茶馆门口，看出这姐儿俩有些犹豫。这会儿正是茶馆上人的时候，进进出出都是茶客。白鹤飞笑笑说，没关系，楼上有清静的地方。这姐妹俩又对视了一下，才一起跟着上楼来。伙计迎过来，引到一个角落里坐了，又问，喝什么茶。白鹤飞说，也不知二位少爷平时的习惯，花茶，怎么样？

穿深色西服的抬头看一眼伙计。伙计就知趣地躲到旁边去了。

然后，她又朝四周扫了一眼，就笑着说，黄少爷，不用再装了吧？

白鹤飞好像没听懂，眨着眼看看她。

深色西服的冷笑一声说，我俩要是不开口，也许还有人信，就凭您黄少爷这么个聪明的机灵人，又是走南闯北见过世面的，真听不出我俩是女流？您自个儿信吗？

白鹤飞笑了，这才连忙说，二位小姐，失敬了。

接着又说，既然这么说，也就斗胆问一句两位小姐的芳名。

深色西服的倒心直口快，撇撇嘴说，黄少爷看着是个敞亮人，怎么说话也这么酸文假醋的，我们姐儿俩没吗芳名，姓梅你已经知道了，我叫梅杏，这是我姐，叫梅桃。

梅桃在旁边红着脸说，你说话，总是横着出来。

梅杏说，甭管横着竖着，话糙理不糙。

梅桃又说，我就说嘛，黄少爷不会看不出来。

梅杏哼了一声，准是姚四姐，她那个破嘴，还不如棉裤腰。

这时伙计把茶拎上来。本来是刚见面，还有点儿局促，这一说，再一聊，也就都放松下来。无非是街上一些稀奇古怪的事，哪家的铺子夜里让人砸了，哪家的媳妇儿投了海河，都传是跟公公扒了灰。聊了一会儿，白鹤飞掏出怀表看看说，二位小姐，再赏个脸吧？

梅杏和梅桃互相看了一眼。

白鹤飞说，吃个便饭，我刚回来，不知哪儿的馆子好，你们二位说个地方？

梅杏想想说，按说吃个便饭也就吃个便饭，倒说不上赏脸不赏脸，只是我俩这身打扮，在人前晃一下还行，真待住了就得露馅儿，就这一会儿工夫，已经有人一个劲儿地往这边看。

梅桃也说，是呀，好好的穿这身打扮，肯定有人往歪里想。

白鹤飞问，你们的意思？

梅桃的脸红了红说，也没别的意思，就是找个人眼清静的地方才好。

梅杏想想说，清静地方倒有一个，就怕姐姐不去。

梅桃问，哪儿？

梅杏说，花戏楼后面，不是有个小宅院儿吗，又僻静又雅致，是专为一些贵客私宴用的，咱要是去那儿，不光清静，平常的闲人也去不到那地界。

梅桃听了有些犹豫，那种地界，是咱去的吗？

梅杏说，有黄少爷在呢，怎么了？

白鹤飞立刻说，这倒是个好主意，就去那儿吧。

几个人立刻起身下楼。梅桃一脸的无奈，低声对白鹤飞说，我这妹子，从小任性惯了，家里谁拿她也没办法。又冲前面的梅杏说，让妈知道了，骂还是好的，看不打断咱的腿。

梅杏回头说，你要是怕，就往我身上推，说是我的主意。

三个人出来，叫了两辆胶皮，又奔西花街的花戏楼来。

花戏楼这时已散了下午的戏。姚四姐一听要在后面的小宅院儿吃饭，稍微有点儿迟疑。白鹤飞拿出几块大洋塞到她手里说，也许不止这一次，先压柜吧。

梅杏一撇嘴说，放心啦？

姚四姐这才满脸堆出笑来，一摆手说，跟我来吧。

白鹤飞看出来，这梅家姐妹俩对后面的这个小宅院儿熟门熟路。进了旁边的一个侧门，穿过一条游廊，又绕过一个影壁，往旁边·拐进了一个不大的月亮门。白鹤飞跟着过来，觉得这后面的庭院比前边的戏楼清雅多了，且看出不光能吃饭，也是个喝茶说话的地方。

姚四姐张罗着让人摆上酒菜，就托故去前面了。

老话说，春为花博士，酒是色媒人。男人和女人喝酒，不像喝茶，喝茶是越喝越雅，越雅也就越庄重。喝酒一开始也雅，可喝着喝着就是另一种雅了，雅还雅，但这雅中又有了一些狎昵。不过这梅家姐妹毕竟是大家闺秀，白鹤飞在外面行走了这些年，各种场面都见过，这一顿饭吃下来，三个人虽也喝了小半坛陈酿，说话都还留着分寸。白鹤飞已看出来，这姐妹俩虽然只是浅浅地喝了一点儿酒，其实酒量都很深，只是初次喝，不好太劝。梅杏喝了酒，话也就更多了。忽然噗地一笑说，头一眼看见黄少爷，就知道不是个街上的俗流。

白鹤飞笑笑问，怎么见得？

梅杏说，这天津卫虽也是个大地界，可细看街上逛来逛去的，吃饱了没事干的土绅居多，说好听了也就是些酒囊饭袋，要么是些附庸风雅酸文假醋的无聊之人，一说话也是之乎者也，赶上场面还装着样子写写画画，其实都是一肚子屎，个顶个儿俗不可耐，本地土著就更提不得了，用我姐的话说，这辈子真找了这种男人，倒宁愿搂着一口猪睡。

梅桃立刻红着脸啐她。

梅杏也笑。

梅桃沉了一下说，是呀，一见黄少爷，还真是眼前一亮呢。

梅杏忽然问，真格的，黄少爷是做哪行的？

白鹤飞慢慢喝了口酒，你们看呢。

梅杏说，我说话您别过意，要我看，您倒像个吃老子的主儿，不食人间烟火的闲少爷。

梅桃也点头，我刚才就想，还真看不出黄少爷究竟是在哪行发财呢。

白鹤飞放下酒盅，笑而不答。

这时看看天色已经不早，还是梅桃先起身说，出来一天了，妈在家该惦记了。

梅杏好像兴致还没尽，嘟囔着，天还没黑呢。

梅桃看她一眼。她才悻悻地站起来。

白鹤飞说，我这次来天津，也有些正事要办，一时半会儿先不走，哪天再请二位小姐吃饭，我看这个小院儿挺好，不光清静，菜的味儿也好，下回还这地方，怎么样？

梅杏立刻说，说定啦？

白鹤飞笑笑，说定了。

白鹤飞送走这梅家姐妹，回来正坐在桌前喝茶，姚四姐来了。白鹤飞看出姚四姐的脸上有点儿熠。熠是天津土话，意思是脸上的笑容儿皮紧肉松，就像洗脸抹了肥皂，没用清水洗干净，绷得不太自然。姚四姐进来一屁股坐到桌前，拿过酒盅给自己倒了一杯残酒，端起来喝了。白鹤飞看出姚四姐有话要说，就笑了笑，又给她斟上一盅说，四姐有话，只管说。

　　姚四姐说，倒也没吗要紧的话。

　　白鹤飞眯起眼摇摇头，我看不像。

　　姚四姐这才说，好吧，您要是非让我说，我就说。您黄少爷不用说，一看就知道，是走过大码头的。可我这花戏楼虽小，也算个码头，我这话，您明白吗？

　　白鹤飞说，不明白。

　　姚四姐说，这么说吧，我是铁打的戏楼流水的客，每天送往迎来的，三教九流吗样儿的人都有，在我这儿谈生意打八岔，怎么都行，可就一样儿，客是客，我是我。

　　白鹤飞一听笑了，说，四姐这话，我越听越不明白了。

　　姚四姐说，行，那我就明挑了吧，您跟这梅家姐儿俩是在我这儿认识的，对吗？

　　白鹤飞点头，对。

　　姚四姐说，可认识也就认识了，日后你们甭管是俩好儿合一好儿还是仨好儿合一好儿，我都高兴，不过真闹出别的事，甭管好事还是歹事，这里边可跟我没一点儿关系，说白了，朋友关系先搁一边儿，我是开店的，你们是来花钱的，我卖，你们买，也就这点儿事。

　　白鹤飞一听笑了，点头说，明白了。

第十一章

花厚子本来叫华天赐，花薄子叫李响春。两人结拜以后，才一个叫花厚子，一个叫花薄子。不知道的以为他兄弟俩都姓花，其实不然。

当初结拜，是在津南的峰山药王庙。二人磕了头，花厚子捐了两块大洋的香火钱，请庙里的住持给重新取个名。住持是个八十多岁的老和尚，已经老眼昏花，在烛光下看着李响春这张如同喷血纸的脸，显得很鲜艳，竟然看成像一朵花，便点头说，男人面如花是吉相，也少见。又让华天赐和李响春各报上自己的生辰，老和尚想想说，年长为兄，须宅心仁厚，就叫花厚子，年幼的要懂退让，知深浅，就叫花薄子吧。

于是从这起，二人改了名。

花薄子有件事一直想不明白，当初他和花厚子并没共过事，只在街上匆匆见了一面，花厚子怎么就一眼看中了自己呢。其实那次见面，也是花厚子先看见的花薄子，花薄子自己并不知道。当时花薄子坐在茶馆里，正跟几个人说话。

自然不是说闲话，一个留着大背头的黄脸瘦子正跟宏发货栈的马掌柜谈生意。生意不是黄脸瘦子的，而是花薄子的。这黄脸瘦子只是中间人。黄脸瘦子指着坐在旁边的花薄子说，这是从南边来的李老板，这次带过来一船杉木，本想去通州卖给那边的木场，可不想再走了，打算就卸在天津。宏发货栈的马掌柜一听，立刻两眼发亮，紧着给花薄子倒茶。花薄子则是一口的闽南话，说得不紧不慢。价钱谈了个大概，又约好哪天去河边的码头看货。都说妥了，花薄子就从茶馆出来。可刚走几步，就听身后有人叫。回头一看，不认识，正一愣的工夫，叫的这人就从后面跟上来。

这个中午，花厚子请花薄子吃了一顿饭，两人就这么认识了。

但让花薄子没想到的是，跟花厚子也就这么一顿饭的交往，只过了几天，跟宏发货栈马掌柜的那笔买卖刚完事，花厚子就又让人来找花薄子，说有事。花薄子摸不清是什么事，犹豫了一下还是去了。花厚子拉着花薄子去霸州的胜芳做了一笔不大不小的买卖，回来的路上提出来，要跟他结拜异姓兄弟。花厚子的解释很简单，既然都是老合，也是缘分。

花薄子当然明白，这不过是一句现成话。道儿上的人说起来都是老合，同门的更是老合，可老合跟老合也不一样。有的老合真是缘分，念的也是同门情分，就算不拜把子，真遇事也能出手相助。但更多的老合就难说了，平时怎么说怎么好，可真到褃节儿上，往井沿儿上踹你一脚，或朝井里扔块石头的也恰恰是老合，因为他踹，知道怎么踹，往井里扔石头也知道怎么扔。所以真遇事，道儿上的老合根本就别指望，不踹你一脚，不扔块石头，就已经算是帮你了。花薄子后来才慢慢知道，花厚子真正看上自己的，是自己的这点儿机灵劲。花薄子不像花厚子，没上过几天学，也不爱看书，但天生脑子好使。花厚子经常开玩笑说，你进"调门儿"真入错行了，该去梨园行，喝个小花脸，一准能成个角儿。花薄子虽没读过几天书，但也懂尺有所短寸有所长的道理，花厚子跟自己拜把子，为的是取长补短。

花厚子不是个猖狂人。"调门儿"里，这种猖狂人很多，一笔买卖做顺手了，就有点儿忘乎所以，如同耍钱，手气一壮，就想接着玩大的。但耍钱可以，忘乎所以也就忘乎所以了，大不了输几个钱，"调门儿"生意就不是这么回事了，弄不好连命也得搭进去。所以花厚子这些年已经养成个习惯，越是做了顺风顺水的买卖，反而越小心。

花厚子这次做成了金大成这桩生意，就又想起大年初一那个失目先生占的那一卦，流年不光走水运，且是个"水上桃花"。水运已是不吉，倘再犯"桃花"，就是凶卦了。

花厚子虽然也是个快四十岁的男人，对女色却并不在意。倒不是有病，是不耐烦跟女人打这种择不清扯不断的腻歪。如果正儿八经地娶个女人进门，又总觉着这种明媒正娶的女人无趣。刚进门时新鲜几天，日子一长，也就是夜里陪着睡觉。如果只要个陪着睡觉的女人就不用费这个周章了，去西花街包一个女人回来就全解决了。所以这几年，花厚子也就始终一个人。一个人的日子倒也逍遥自在。南门外曾有个韩掌柜，开着一爿布匹庄，几年前让花厚子撺掇着做了一笔冤大头的买卖，赔得屁滚尿流，好好的一个铺子倒出去不说，最后还欠了一屁股债。可这个韩掌柜偏偏倒霉看反面儿，事后反倒一眼相中了花厚子，觉着这人不是个等闲之辈，托了不少人，死活要招他做个倒插门的养老女婿。据说这韩掌柜家的千金还是个美人坯子，品貌在南门外一带是数得着的，曾有不少富贾人家的子弟来求亲，都被韩掌柜拒之门外。韩掌柜向人透露，花厚子的这门亲事还是韩小姐自己提出来的，而且放出绝话，非花厚子不嫁。但花厚子对这门亲事没兴趣。倒不是对这韩家小姐没兴趣，漂亮女人，当然哪个男人都喜欢，花厚子是讨厌这个韩掌柜。韩掌柜表面是做布匹生意的，其实暗里却倒腾烟土。花厚子最恨做这路生意的，所以这回才拿他当冤大头，狠狠做了他一笔买卖。韩掌柜却认定了这门亲事，一直追着花厚子不放。花厚子最后实在推辞不过，也知道这事总得有个了断，就跟韩掌柜喝了一次酒。酒后，这门婚事才算就此作罢了。至于花厚子喝酒时，究竟跟这韩掌柜说了什么，别说街上的人，就连韩掌柜身边的人也不得而知。

花厚子这天起来刚吃了早饭，孤丁来了。孤丁说，花薄子已经先去了春鸣茶坊，正等着，请花厚子赶快过去。花厚子一听换了件衣裳，就和孤丁一块儿出来了。

花厚子在这个上午原本另有打算。大胡同有一家挺大的洋杂货店，上下两层，老板是个意大利人，最近说要回国，打算把这个铺子清了货底儿盘出去。这天上午，请街上有意的买主儿去估个价。花厚子对这些洋杂货的烂底子当然没兴趣，只想去看看热闹。但花薄子头一天说，已经约了祝小染，说好这个上午在春鸣茶坊见面。花厚子一听约的是祝小染，就不太想去。没想到这天一大早，花薄子又打发孤丁来叫，这才只好跟过来。

花厚子平时爱喝茶，但不爱去茶馆。茶馆人多，也杂。此外还有一层，花厚子也不想总在街上人的眼前晃。平时去茶馆，都是谈事。谈事就另说了，一去就进包厢，谈完了起身就走。喝茶，还是在家自在。但这个春鸣茶坊跟别的茶馆不一样。

春鸣茶坊在侯家后山西会馆的后身儿，是个院子，分前后两进。前面的临街，四敞大开，三面的方棂子落地风门儿。每天早晨，遛鸟儿的玩草虫的人来人往，茶座儿很多。后院儿则是个清雅别致的花厅，茶钱贵，闲杂人也少，专供一些大主顾儿在这里闲坐，或谈些生意上的事。花厚子知道，花薄子常来春鸣茶坊。他来当然不为喝茶。茶馆跟饭馆不一样。饭馆是吃饭的，吃饭有时有会儿，就算喝酒也不会从中午一直喝到天黑。可喝茶就不行了，没头儿，一壶茶能续四五回水，大不了再重沏一壶，也就没完没了。可喝茶时间一长，有时也会言多语失。言多语失也分几种，或是把自己不该让人知道的事说出来了，或是把不该说别人的事说出来了，或者露出什么不该在这种场合露的想法儿，再或者因为什么事话不投机，跟别的茶客犯起矫情。但不管哪一种，对花薄子都可能是潜在的机会。机会有时只是一闪而过，你抓住就抓住了，没抓住也就过去了，正所谓稍纵即逝。所以花薄子说过，他来这儿喝茶，两个耳朵总像兔子一样立着，不放过任何一个人说的任何一句话。

花薄子在春鸣茶坊见过几次祝小染。起初没留意，只听旁边的茶客议论，说这祝小染字三荷，是个不懂倒正的二百五少爷。当初爹妈过世给留下几个糟钱儿，现在就整天变着法儿地挥霍这点儿家底儿。也不知总倒腾哪一路的事，从早到晚挺忙。直到有一天，这祝小染在花厅喝着茶，跟几个茶客争执起来，才引起花薄子的注意。当时花薄子正坐在角落里喝茶，见祝小染在那边脸红脖子粗地越说声音越大，就招招手，把祝小染身边的家人叫过来。这家人叫祝古柳，五十多岁，佝偻着腰，一副愁眉苦脸的揪心相儿。据说他早先叫祝福贵，"古柳"二字还是祝小染后来给他改的。这祝古柳过来哈着腰问，这位爷，叫我有事？花薄子用下巴朝那边挑了一下问，你家少爷，那是为吗事跟人矫情呢？祝古柳无奈地摇头说，嘿，别提了，我家少爷冤大头，前些天花了五百块大洋，从一个过路贩子的手里买了一幅字画，愣说是王羲之的真迹，一下子高兴得几宿没睡好觉，半夜也爬起来展开看。可刚才跟那几位一说，人家都乐了，不信，不光不信，还都说他外行，说真要是王羲之的真迹，别说五百块大洋，就是五千大洋也拿不下来。我家少爷一听就急了，不服气，这不正跟那几位争竞呢。

　　花薄子听了点点头，就起身走过来。

　　这会儿，一个留着两撇油胡儿的瘦白脸儿正振振有词地说，王羲之的真迹别说淘换得着淘换不着，眼下这世上还有没有都得另说，现在要想看王右军的真迹，一般人能见到的，也就那个《大唐三藏圣教序》的碑帖，可就说这碑帖，还不一定都是他的手迹呢。祝小染听了冷笑着摆摆手，您要这么说，那就不好再往下说了，如果连《大唐三藏圣教序》都怀疑，旁的就更没法儿考据了。这时旁边一个瓦刀脸戴水晶眼镜的矮个儿站起来，伸手拦住祝小染说，这位老弟，这你就真外行了，还别说王右军的《兰亭集序》今天早已没了真迹，就说这《大唐三藏圣教序》，也的确不是王右军一气写的，要说起来，这事都没人信。瓦刀脸这一说，所有的人都不说话了，朝他看着。瓦刀脸这一下更来精神了，不慌不忙地说，唐代有个和尚，为要这篇《大唐三藏圣教序》，给了王羲之的后人不少钱，然后跑到他家的后院儿东翻西找，账本儿楹联儿批注的书籍，有吗算吗，这样才总算把这篇文章给凑着集下来了。瓦刀脸把一只手伸到祝小染的眼前抖搂着说，你想想，这些字要是这么集的，能靠得住吗？光从账本儿上誊的字，没准儿就是哪个账房先生，要么就是哪个厨子写的！

花厅里的人一听都哄堂大笑。祝小染顿时哑口无言了，站在那儿憋得面红耳赤。就在这时，花薄子忽然冲这瓦刀脸说，这位先生，你这话也不尽然吧？

瓦刀脸正得意，这时一愣，哦，您的话怎么说？

花薄子不像花厚子，平时不耐烦看书。虽不看书，记忆力却极好，只要跟他说过的事，只一次就能记在心里。花厚子爱看书，平时又不出门，待在家里没人说话，看了书上的东西装在心里又憋得慌，跟花薄子闲聊时，经常跟他说一说。花薄子听了也就记住了，不料这时竟派上了用场。他不紧不慢地说，依您的意思，这世上就真没王羲之的真迹了？

瓦刀脸点头说，是。

花薄子说，我看也未必，我就亲眼见过王羲之的一幅小品，据说是他当年寻鹅的一张告白条儿，后人不知怎么得着了，就裱起来。说着又一笑，怎么能说没了真迹呢？

瓦刀脸听了冷笑，王羲之寻鹅的告白条儿？这倒闻所未闻。

花薄子说，看这位先生也是有学问的，"羲之放鹅"，不会没听说过吧？

这时，开始的那个瘦白脸儿走过来，上下看看花薄子说，这位老弟，在哪儿高就哇？

花薄子又笑了笑，说不上高就，也没吗正经事，就是个打八岔的，没事来喝喝茶。

祝小染一见遇着了知音，过来一把将花薄子拉到旁边的一张茶桌坐下，吩咐伙计再重新沏一壶碧螺春，然后把脑袋凑过来问，在下祝小染，敢问这位仁兄的台甫是？

花薄子随口说，我在家排行第四，姓薄，都叫我薄四。

祝小染赶紧拱手，哦，是薄仁兄。

就在这时，旁边茶桌上一个年轻女人忽然噗地笑出声来。花薄子有点儿不高兴，扭头朝这女人瞥了一眼。这女人约莫二十七八岁，穿一件绿底儿白碎花儿绲黄边儿的琵琶襟儿小袄，头发在脑后绾成个美人鬏，看打扮像个体面人家的少妇。祝小染也有些不悦，回头横了这女人一眼。这女人好像醒悟了，赶紧红着脸说，哦，我是听刚才这称呼，觉着新鲜。

花薄子这时才想起来，前几次来喝茶，也曾见过这个女人。茶馆这种地方人杂，一个女人坐在这儿，也就没太在意。这时转过脸，又对祝小染说，祝兄的大名，我早听说过。

祝小染说，今天遇上薄兄，真是幸会。

这时，花薄子的心里有数，知道已把这个二百五少爷套住了，于是淡淡一笑说，祝少爷不必客气，我是个粗人，不像你这么有学问，不过我有个本家哥哥，他倒是精通书画这类的事，也经常跟这一行里的人来往，我刚才说的，其实都是从他那儿趸来的。

祝小染一听忙问，您刚说的那幅王羲之的小品，也是在他那儿见的？

花薄子说，是。

祝小染登时兴奋得涨红脸，又往前凑了凑说，遇高人不可交臂失之呀，请薄兄帮个忙，给我引见一下您这位兄长，可以吗？我做东，大家见个面，一块儿喝几杯，聊聊？说着又回过头，问一直站在身后的家人祝古柳，你看看身上，有没有我名帖。

祝古柳没好气地说，早没了。可这么说着，还是从身上掏出一张名帖，不情愿地双手给花薄子递过来。

花薄子收起名帖，又想了想说，我这本家哥哥也不是闲人，整天在外面穷忙，这么着吧，两天后，还在这儿见。祝小染一听得两天以后，有些迫不及待，可又不好再说别的，吭哧了一下，只好点头说，那就拜托薄兄了，两天后，我一早儿就在这儿恭候。

第十二章

　　花厚子在这个早晨出门时，特意拿了一把佛肚竹的折扇。扇面儿是后人临的刘石庵的《春华秋实图》。孤丁在花薄子身边时间长了，也常跟着花厚子，已经有了些眼力，朝花厚子手上这折扇看了看就笑了，说，您这折扇挺唬人，稍微二把刀一点儿的，还真得看走眼呢。

　　花厚子一笑，就把这折扇合上了。

　　花薄子和祝小染已经等在春鸣茶坊后面的花厅。祝小染是个急性子，等了一会儿，见花薄子说的这个本家哥哥一直没来，就有点儿担心，一个劲儿问，薄兄，您这本家兄长不会是临时有别的事，不来了吧？花薄子倒沉得住气，安慰说，我这哥哥一向说话算话，说来肯定来，别急，兴许让事绊住了。正说着，就见花厚子带着孤丁来了。祝小染一见这来人的气派，就猜到应该是那个本家哥哥，赶紧迎过来，又回头看看花薄子。

　　花薄子跟过来，介绍说，这就是我说的本家哥哥。

　　祝小染连忙上前施礼，又问，我该怎么称呼？

花薄子说，我叫三哥，你也叫三哥吧。

祝小染忙说，哦，三哥，幸会幸会。

花薄子又给花厚子介绍，这位就是我说的祝少爷，博学多懂，是个有学问的。祝小染让花薄子夸得有些得意，脸也涨红了，连连摆手说，哪里哪里，薄兄过奖了。花薄子又说，俗话说物以类聚，人以群分，我这位三哥也是性情人，不光学问大，跟谁也都能聊到一块儿。

花厚子一听笑着说，祝少爷别听他的，我这兄弟哪儿都好，就一样，嘴没把门儿的，甭管吗话拿过来就说，我不过是个做生意的俗人，一没性情二没学问，《货殖列传》怎么说，天下熙熙皆为利来，天下攘攘皆为利往，说的就是我这种人，整天就认一个字儿，钱。

这祝小染虽是个二百五少爷，但让人骗多了，日子一长也学精了，不是见个人就相信。这时跟花厚子说着话，一直在暗中留意观察，见眼前这人挺面善，皮肤白皙，跟旁边花薄子的雀子脸一衬，正好一红一白，倒也好看。再听花厚子说话，声音虽不大，却也不温不火，不卑不亢，就笑着说，三哥客气了，您的事，我在薄兄这儿早已经如雷贯耳了。

正这时，祝小染的家人祝古柳凑过来，轻轻扽了下他的衣襟。祝小染跟着他走到一边。祝古柳小声嘀咕了几句。祝小染不耐烦地甩开他的手说，行了行了，这事用不着你操心，快去闲人居吧，记住，要订里面小院儿的那个翠竹轩。

祝古柳还想说什么，祝小染就把他轰走了。

这边，花薄子和花厚子对视了一下。

这时祝小染回来了，脸上有点儿憎，笑笑说，薄兄说过，三哥吃饭爱去闲人居，我刚才已让家人赶紧去，订个清静地方，前天已跟薄兄说好了，三哥今天一定得赏脸哪。

　　说着，三个人就在茶桌跟前坐下来。

　　这时伙计已经沏上一壶大红袍。祝小染起身一边倒着茶，一边瞄了花厚子一眼，试探着说，前两天听薄兄说，三哥的手里有一幅王羲之的真迹，哪天能不能饱一饱眼福哇。

　　花厚子随手打开扇子，摆弄了一下说，只是一幅小品。

　　祝小染问，听说，是王羲之寻鹅的一个告白条儿?

　　花厚子摇头笑了，这只是个传说，兴许是后人以讹传讹也说不定。据说当年王羲之最爱养鹅，有一次鹅丢了，他就在外面贴了一张寻鹅的告白条儿，街上的人一看，就当宝贝给揭去了。后来又有想求他字求不着的人，就想出这么个馊主意，先把他的鹅偷了，等他写了寻鹅的告白条儿，揭了，再把鹅给他送回来。据说当时有不少人，用这个法儿得了他的真迹。

　　花厚子说着，几个人就都笑了。

　　这时，祝小染的笑容突然定在脸上，两眼死死地盯住花厚子手里的这把折扇，看了一会儿才说，三哥的这把扇子，可不像个一般的物件儿啊。

　　花厚子好像并不介意，随手递给他。

　　祝小染小心接到手里，起身到花厅窗前，就着亮儿轻轻打开，翻来覆去地仔细看了一会儿，嘴里呀呀着，越看越爱不释手，摇头赞叹着说，刘石庵的《春华秋实图》，少见的上品哪！花厚子也起身过来，笑笑说，祝少爷正好给过过眼，是不是刘石庵的真迹？

祝小染又仔细看了看，内行地点头说，刘石庵的真迹，是不会错。然后慢慢抬起头，嘴动了动，才说，俗话说，君子不夺人之美，可还有一说，遇心爱之物，不可交臂失之。

花薄子在旁边乐了，说，祝少爷有话就直说。

祝小染红起脸，直说，只怕，说不出口。

花厚子立刻爽快地说，如果祝少爷真喜欢，这扇子就让给你了。跟着又说，不过先说下，可不是送，是让。一来刚才有言在先，我不过是个做生意的俗人，进出往来都只拿钱说话；二来，说句到家的，我跟你祝少爷刚认识，也没这交情。如果初次见面就送这么贵重的东西，无非两样，要么这东西不值这个钱，只是个赝品，要么真值钱，那就得把你祝少爷吓着了，况且让外人听了，得以为我这是钓鱼打窝儿，后面还指不定憋着要干吗呢。

花厚子这一番话，已将祝小染说得感激涕零，连连点头说，三哥别说了，您能把这扇子让给我，已经感激不尽，这么着吧，您只管开个价儿，小弟决不还嘴。

花厚子说，我刚才的话重是重了点儿，可话重，理是这么个理，不管怎么说，你祝少爷毕竟跟我四弟是朋友，况且我拿这东西也不当好的，既然这么着，也就这么着了，这把扇子值多少要真算起来就不好说了，你要是真心喜欢，就给个意思，一百块大洋吧。

祝小染一听立刻瞪起两眼，一百块大洋？

花厚子笑笑问，价儿还高？

祝小染连连摆手，不不，这怕，怕不合适吧？

花厚子回到茶桌跟前，端起茶盏一饮而尽，回头说，祝少爷就不用客气了。

这时花薄子看看外面的天色，对祝小染说，既然三哥已说到这份儿上，往后日子还长，朋友是越走越近，就这么着吧。祝小染这才点头说，好好，那就容当后补吧。

正说着，就听当的一声，花厚子手里的茶盏突然掉在地上，跟着两眼一翻，嘴里吐出白沫，身子摇晃了几下就一头栽到地上。花薄子和祝小染一下都慌了手脚。孤丁赶紧去把茶坊伙计喊来。花薄子上前一把揪住伙计，厉声说，怎么回事，你们这茶馆是个黑店吗？！

伙计一见，脸也吓白了。

花薄子说，去把你们掌柜的叫来！我三哥要在这儿出点儿事，我一把火烧了你这茶坊！

伙计赶紧飞奔到后面去了。

这时，旁边一个年轻女人走过来，先蹲到花厚子跟前，拿过手腕摸了摸脉象，然后让人把他扶起来，坐到椅子上，又掏出个布包放到茶桌上打开。这布包里是几根细如发丝的银针。女人叫过孤丁，让撩起花厚子的前襟和后摆，把几根银针扎在他身上。这时花薄子已经认出来，这个年轻女人就是几天前曾在这里见过的那个女人，于是问，你是大夫？

女人没答，只是说，不碍事，一会儿就过去了。

说着，又把几根针在花厚子的身上捻了一阵。过了一会儿，只听花厚子嗓子眼儿里咕噜一声，慢慢睁开眼。这女人转过去，又轻轻拍打了几下他的后背。花厚子一伸头，哇地吐出一口腥黄的黏痰,微微嘘了一口气,才渐渐喘匀了。他抬起头朝四周看看,又奇怪地打量了一下站在自己跟前的这个年轻女人,问,刚才,怎么回事?

花薄子把刚才的事说了,又说,多亏这大姐,是个大夫。

年轻女人的脸微微红了一下说,没大事了,只是心火虚旺,又积了痰湿,刚才喝的茶凉了些,痰湿让凉茶一激,淤结堵塞,中医说,这叫痰迷心窍,刚才扎了几针,已经打开心窍,也就没大碍了。说着看一眼花厚子,只是这痰湿不是一天了,过一个时辰还得再扎一次。

花厚子一听,先谢过这女人,又对花薄子说,那就先回去吧。又把头转向祝小染,只是祝少爷这里,今天就失礼了,容我缓几天,等没事了,哪天还在闲人居,我做东。

祝小染这时才稍稍定下神来,赶紧摆着手说,吃饭的事不打紧,等三哥身体没事了,还是我来做东。说着,又把手里的折扇举了举,吭哧了一下说,您看这把扇子,要不我就先留下,您说个地方,改天,我再让人把钱送过去?

花薄子说,扇子你先留下吧,钱不急。

祝小染一听,赶紧道谢。

花厚子又朝身边的这个年轻女人瞟一眼,犹豫了一下,对花薄子说,就不知这位大姐是不是方便,要是能跟着一块儿回去,等完了事,多表示谢礼就是了。这时茶坊的掌柜也已经闻讯出来,一直站在旁边没敢插嘴,一听花厚子这么说,赶紧跟着说,是呀是呀,这半天看出来了,这位大姐的医道还真是挺深,咱的茶没毛病,就是心火旺,又积了痰湿,现在痰一吐出来也就没事了。既然这几针这么见效，还是跟着回去，接着扎，去了根儿才放心哪。

花薄子扭头看看这女人。

女人收起布包，脸一红点点头。

花厚子这天回来，又让这女人扎了一次针，身上才觉着松快下来。花薄子按花厚子的意思，给这女人厚厚地封了几块大洋的谢礼。说话时，就说起曾在春鸣茶坊见过这女人，又问，怎么会一个人经常去那儿。这女人先是垂着眼沉了一下，才说，她姓巫，叫巫素贞，是玉田人，祖上世代都是游方郎中。她从小随父亲四处行医，后来嫁了个男人，也是个大夫。不料这年春上家里闹瘟疫，父亲和男人虽都是大夫，可给别人看病行，后来自己也染上了，却没治好，前后脚儿都死了，只剩了她孤身一人。这次来天津，原是想投奔一个本家的叔伯大爷。这叔伯大爷是开馒头铺的，她曾听父亲说过，原来在西门里，后来又把铺子搬到了大胡同。可来了才知道，这叔伯大爷的馒头铺早关了，人也不知去向。她在天津又没别的亲戚，只好先住在一个小客栈里。白天没事，就来街上的热闹地方，想打听叔伯大爷的下落。

花薄子听了，没说话。

这时，躺在床榻上的花厚子说，一个女人，住客栈，总不是长事。

这女人的眼窝一红，点头说，是。

花厚子说，我这儿地方倒还宽绰，你要是不嫌，就先搬来住吧。

花薄子听了，立刻看了花厚子一眼。

第十三章

花薄子怎么也没想到，没出一个月，花厚子竟娶了这个叫巫素贞的女人。娶也不算明媒正娶，没摆酒席，也没拜花堂，两人不声不响，不哼不哈儿，商商量量地就两好儿合一好儿了。等花薄子知道，巫素贞已经一大早端着屎盆儿从花厚子的房里出来了。

花厚子原本对女人没兴趣，但巫素贞是个例外。

花厚子喜欢巫素贞，还不光是喜欢她的身子，更喜欢她的医术。到了晚上，花厚子脱光了趴在床上，让巫素贞从后脑勺儿到后脖颈子到后脊梁背儿到后屁股一直到脚后跟，用银针把浑身上下扎得像个刺猬，那个舒坦劲，真比趴在巫素贞的身上还美。巫素贞这女人还有个奇绝之处，只要花厚子一上身儿，浑身上下立刻就软得像一根面条儿，好像没有一点儿筋骨了。花厚子虽然不在意床榻之事，毕竟也是正值盛年的男人，这几年偶尔觉着燥热烧心时，也去南市的西花街逛一逛。西花街上的女人，自然北帮有北帮的手段，南帮有南帮的功夫，但无论南帮还是北帮，既然吃的是这碗饭，也就个个儿都身怀绝技。可这种事本该是一种天性，真到了神魂颠倒的时候，应该由着心性翻云覆雨才是享受，这些"库果儿"却已练成床上的技巧，衣裳一脱，就如同是在"三不管"撂地儿，还弄成一套一套的招数，"房中十八式""床上二十四式"，这就实在没吗意思了，好好的一个床榻，一下子成了个摔跤打把式卖艺的场子。所以这些年，花厚子虽然各种女人都经过了，也就越来越没兴致。但巫素贞这样的女人，花厚子还从没见过。况且在"库果窑儿"花钱干这种事是一种滋味儿，而在自己家里，又有这么个可心的女人，再干这种事自然就是另一种滋味儿了。也正因如此，自从有了这巫素贞，花厚子早晨也就贪床了，每天日头不过房顶不起。

花薄子起初也为大哥高兴。

花薄子从不委屈自己，自然也就不缺女人。但花薄子不喜欢去西花街。不喜欢去，是不喜欢"库果窑儿"里的那些"库果儿"。花薄子还是更喜欢干净女人，所以都是跟大宅大户里的少妻小妾勾勾搭搭。大宅门儿里的这些少妻小妾，男人大都已年过花甲，床榻上的事也就力不从心。这些小女人正在花季，已经尝到了男人的甜头儿，却又总吃不饱，自然都如饥似渴。花薄子正年轻，又是做"调门儿"生意的，凭着一张面如喷血纸的脸去热闹的街上逛一逛，只要碰上这种小女人，不用使太多手段就能勾上手。花薄子知道花厚子曾在年初让一个失目先生占了一卦的事，这时就寻思，这个失目先生算出大哥的"桃花运"，别就是这一回吧？这么一想，嘴上虽没说出来，心里也就有点儿嘀咕了。

也就在这时，街上出了一件怪事。

城里北门内大街上新开了一家命馆。这命馆的字号也奇怪，叫"大不同"。馆主看着像个老道，叫玄机子，是个四十多岁的男人，肤色白皙，眉清目秀，颏下留着一缕三寸多长的山羊胡儿，头发束在脑后，还戴着个不伦不类的道冠。按道儿上的规矩，开命馆跟在街边摆卦摊儿还不是一回事。相面算卦，在道儿上叫"金点"，也叫"金门儿"生意。但同样是"金门儿"生意，也不一样，在街边摆摊儿算卦的得往跟前叫人。叫人也不是随便叫的，更不能像卖东西的使劲吆喝，得有一套生意话，门里的行话叫"揪金"。这种摆卦摊儿的没准地方，今天在南门里，明天也许就去了西门外。既然没准地方，说的话也就更没准谱儿，甭管算得准与不准，收了卦礼一扭脸儿就找不着人了。但开命馆的不行，跑得了和尚跑不了庙，说话也就不能随便乱说，得加着小心，算错一星半点儿还过得去，真离了大谱儿，说得驴唇不对马嘴，赶上个脾气大的就能把命馆砸了。开命馆的还有一样，明明也是江湖生意，说的也都是江湖话，身上却不带一点儿江湖气，更不在门口往里叫人。街上人说，这个叫玄机子的馆主曾四方云游，走遍了名山大川，所以相面算卦也就跟一般的不一样，能以物相人，甭管哪一路的人，只要拿个物件儿去，他看着这物件儿就能说出你是干吗的，流年是吉是凶。

这怪事就出在祝小染的家人祝古柳的身上。

这祝古柳跟着祝小染这么个二百五少爷，整天揪着心，上午茶馆中午饭馆，下午茶馆晚上又是饭馆，从早到晚除了吃喝还是吃喝。吃吃喝喝也就吃吃喝喝，可不知吃哪一顿或喝哪一顿就又撞上个冤大头的买卖。这祝古柳从早到晚，一张皱脸也就总像门帘子似的耷拉着。祝古柳已是祝家的老家人，看着祝小染从小长起来的。老家人也就如同半个长辈，有时实在看不下去，或忍不住了，也想劝劝这个败家子儿少爷，照这么踢腾下去，家里就是有座金山银山也得踢腾光了。但也知道，这二百五少爷是倒霉看反面儿，自己的嘴皮子就是磨破了也没用，不会拿自己的话当回事，说了也是白说。

这一想，也就懒怠说了。

这几天，祝古柳跟着祝小染去茶馆，无意中听人说，北大街上新开了一家叫"大不同"的命馆，很神，馆主能以物相人。于是这天，就偷偷拿了祝小染的一块紫檀镇纸过来。

祝古柳来时正是中午，趁祝小染午睡时溜出来的。找到这家命馆，一进来，前厅没人。这命馆叫"大不同"，也确实跟一般的命馆不太一样。一般的命馆要么故弄玄虚，看着高深莫测，要么装神弄鬼，让人捉摸不定，但不管哪一种，都透着一股俗气。这个命馆一进来却清清爽爽，看着不像是相面算卦的地方，倒像个墨芳斋。迎门摆了一张红木卦桌。桌子当间儿是一个紫铜卦盘，两边各立着一只铜狮子。卦桌左右摆着红木的太师椅，木料虽不是上好的，却看出用核桃油擦得锃亮。四面墙上还挂了几幅字画，看着也透出一股雅气。祝古柳站在屋子当中愣了愣，忽听有人咳了一声，接着，就见玄机子从屏风后面走出来。玄机子并没看祝古柳，径直走到卦桌跟前，在一张太师椅上坐了，又一伸手，示意祝古柳过来。

祝古柳小心凑过来，把带来的紫檀镇纸放到玄机子面前的卦桌上。玄机子瞥了一眼这块镇纸，笑笑说，这东西倒是个好东西，方方正正，刚硬耿直，只可惜是块木头，且不是大材料儿，也就注定派不上大用场，你也如同这块镇纸，供人差使罢了。

祝古柳一下让这玄机子说得目瞪口呆。愣了一下，才又小心地拿出一块雪白的生丝手绢说，仙师果然神算，我确实是个下人，您再看看这个，给指条明路吧。

说着，就把这生丝手绢放到玄机子的面前。

玄机子尖起两根手指，捏起这块手绢抖了一下说，这东西质地柔软，貌似贵气，只可惜边幅太小，终无大用，而且易损易污，当心让一些市井的无赖之徒欺诈揉搓呀。

说着又瞟一眼祝古柳，该是你家的少爷吧。

祝古柳一听这话，差点儿给玄机子跪下，连声说，仙师简直是目光如炬，洞如观火呀，我家少爷现在就整天让一些市井的奸诈之徒缠着，可他自己还拿这些人当知己呢。

祝古柳还要往下说，玄机子伸手拦住了，笑笑说，你家少爷整天玉食锦衣，又心性简单，见谁都认为是兄，一"衣"一"兄"，应该是个"祝"字，再看这手绢，绢角绣着一朵荷花，这就不用说了，名字中该有一个"荷"字，可只在三个角上绣了荷花，应该叫"祝三荷"。说罢，随手把这块手绢扔到卦桌上，看一眼祝古柳，又说，只是这荷花，虽是出淤泥而不染,可一枝不染,两枝不染,三枝就难说了,略有小染也说不定啊。

又一笑,你家这祝三荷祝少爷,应该叫祝小染吧。

祝古柳的两眼已经瞪得像两个铃铛,连声说,您简直就是活神仙!

祝古柳这时既然见着了活神仙,也就把一肚子苦水一股脑儿地全倒出来,告诉这玄机子,他家这二百五少爷平时最好一件事,就是搜罗名人字画,只要看上了不问价钱,一概买下,可他对书画的事别说懂行,连个二五眼也算不上,就是个一知半解。街上一些心术不正的拆白党和假画贩子也就是看准他这一点,整天像苍蝇似的跟着他。这些年家里收的东西倒不少,都是花重金淘换来的,可真看,十有八九是假的,不过是一堆不值钱的破烂儿。

祝古柳不住地摇头叹气。

玄机子点点头,现在,恐怕又有苍蝇来了吧?

祝古柳一拍大腿说,是呀,谁说不是呢!

玄机子说,回去吧,再迟,你家少爷就该醒了。

祝古柳一下又愣住了,张着嘴看着玄机子。这玄机子简直就像长了三只眼的马王爷,没他不知道的事。玄机子没再说话,又朝他摆了摆手,就起身回后面去了。

第十四章

花厚子是个做事不急不慌的人。越急的事，越不急。急事本来就急，倘人再急，急人办急事，也就肯定办不好，急大发了也许还会出岔子。所以事越急，人反倒得沉住气，不急不慌地办急事，急事才能办稳妥。反过来倘事情不急，人急，更不行。事情不急人急，一般都是有利可图的事，利越大，人越急，可太急了就是急功近利。"调门儿"这行生意，急就更是大忌。做"调门儿"，自然图的是财，还别说"调门儿"，哪一门儿生意说来说去图的都是财。图财，也就是图利。可越是急功近利，反倒可能越图不着利。花厚子这些年在道儿上行走，经的事多了，人也就沉了。人一沉，别管再遇到哪种事，也就更不急了，越是看着着急的事，越不急。不光不急，利越大，反倒越沉得住气。

那次在春鸣茶坊跟祝小染见面，本来说好中午一块儿去闲人居吃饭，不料花厚子只喝了一口茶就突然晕倒了。这一来，也就把这顿饭给搅了。后来又过了一个多月，花厚子也就没让花薄子再去招惹这个二百五少爷。不招惹还

111

不仅是故意抻着，也是没顾上。

这一个多月，花厚子这里也有事。事情虽不大，不过是把这个叫巫素贞的女人娶了，可娶了这女人，花厚子每天的生活也就全变了。生活一变，就得重新适应一段。等慢慢适应了，才又想起来，这个祝小染这边还撂着一档子事。这天花薄子来了。花厚子就又跟花薄子说起这事。花薄子一听乐了，说，大哥还记着呢，我以为你早把这事扔脖子后头了。

花厚子看他一眼，听出这话不太像好话，鼻子里嗯了一声。

花薄子就不敢再说了。花厚子这样嗯，一般是不太高兴。

于是说，大哥说吧，这事怎么办。

花厚子说，让孤丁去送个帖子，告诉这祝小染，今晚还是闲人居，我做东。

花薄子听了应一声就要走，想想又站住了，问，叫着那个白鹤飞？

花厚子说，这是咱自己的买卖，就别叫外人了。

花薄子哦一声，我是想，人多，招子也能遮一下，别还没到哪儿，就让他先醒攒儿了。

花薄子说的招子，是道儿上的行话，指的是人的眼。他这话的意思是，人多，还能遮一下耳目，别这事还没到哪儿，就让那个祝小染先明白是怎么回事了。

花厚子又想想说，还是算了吧。

花薄子点头应了一声，算了就算了吧。

花厚子又问，这个白鹤飞，最近在忙吗事？

花薄了说，我也有日子没见他了，听念三儿说，这些日子好像常去西花街的花戏楼，不过他这种人，不会对那儿的"库果窑儿"感兴趣，说不定又憋着要做吗买卖。

花厚子说，那就随他去吧，都不是闲人，就各忙各的吧。

这个晚上，花厚子和花薄子先一步来到闲人居。花厚子心细，一个多月前的那个上午，曾听祝小染吩咐家人，要订闲人居院子后面的翠竹轩，这个晚上，就特意让孤丁订了这个翠竹轩。翠竹轩靠里，也就很清静，门前种着一小片竹子，权当竹林。天津虽是北方，但种了竹子，冬天也冻不死，只是长不大。包厢里有两扇挺大的棂子窗，推开窗户，正好可以看见跟前的这蓬竹子。祝小染来了一看，高兴了，连声说，这个包厢最好。

花厚子已让伙计沏了茶，见祝小染来了，就起身迎过来。祝小染见花厚子的气色挺好，就说，哎呀三哥，您总算没事了，那天真把我吓死了，好好的一口茶，人就成这样了！

花厚子笑笑说，那天让祝少爷受惊了。

说着话，就在桌前坐下来。花薄子在旁边说，所以三哥今天说，要把那天耽误的这顿饭补上，还在闲人居，而且还在这翠竹轩，他做东，一来是向祝少爷赔罪，初次见面就这么失礼。祝小染一听连忙摆手说，哪儿的话呀，俗话说，人吃五谷杂粮没有不闹病的，有个小病小灾儿的谁也免不了，再说这也不是自己愿意的事。花薄子说，这话倒是，另外，今天请祝少爷来，还有个事，三哥最近刚得着一幅名人真迹，也请祝少爷一块儿过过眼。

祝小染这天晚上来，心里还惦记着上一次说的事。上次在春鸣茶坊，曾听花薄子说，花厚子的手里有一幅王羲之的小品，那天中午张罗着来闲人居吃饭，也就是为这事，只是后来花厚子突然出了意外，这才搁下了，今天来了，本想找个机会旧事重提，这时一听花薄子说，花厚子这里又有了一幅名人真迹，立刻来了精神，搓着两手说，好哇好哇！

正这时，一个伙计进来，在祝小染的耳边说了句话。祝小染皱皱眉头，不情愿地起身出去了。花薄子知道，是祝小染的那个家人祝古柳在外面。这祝古柳是祝家的老家人，又是看着祝小染长起来的，所以才敢这样往外叫他，倘换了别人，祝小染早急了。

这时能听见，祝古柳正在外面跟祝小染说话，声音虽然很低，可门虚掩着，就还是能隐约听见。只听祝古柳说，少爷您怎么不想想，这事能信吗？

祝小染说，要听你的，哪个事也不能信！

祝古柳急着说，您听我说，那个叫薄四的从一开头儿就说，他这本家哥哥是个专门做书画生意的行家，既然是行家，他吃的就是这碗饭，有了字画儿，干吗还让您给过眼？

祝小染说，人有失手，马有漏蹄，行家就保得准总不走眼？

祝古柳更急了，他再怎么走眼，行家还不如您这玩家吗？

祝小染不耐烦了，急着说，行了行了，我小心吧！

说完一阵脚步声，显然是回来了。

花厚子见祝小染进来，笑笑说，祝少爷，今天说好我做东，你可别让人先去前面压柜。

祝小染说，三哥放心，今天小弟就实受了，往后的日

114

子还长，咱还有下回，下回是我的。一边说一边搓着两手来到桌前，三哥，您刚说的这幅画，就让咱瞻仰瞻仰吧？

花厚子回头看看花薄子。花薄子就让孤丁去把包厢的门关上了。花厚子拿过身边的一个卷轴。这卷轴用油纸包着，揭了油纸，展开，是一幅工笔人物。画面上有一男一女，男的是书童打扮，虽然皂衣皂帽，却眉清目秀，风度翩翩，女的看着像个丫鬟，但也姿态娇媚，眉眼传情。再看底下的落款儿，是"六如居士"。祝小染眨着眼，冲这幅画端详了半天。看这画儿的意思，应该是名人真迹，这"六如居士"的名号也像在哪儿见过，可一时又想不起来。花厚子让孤丁把这幅画挂到墙上，回头问，祝少爷，你怎么看？

祝小染沉吟着看了一会儿，想说话，含糊了一下，又没说出口。

几个人又喝了一会儿茶，看着要上菜了，花厚子起身出去方便。祝小染一直盯着这幅画，这时见花厚子出去了，才扭头问花薄子，薄兄，你说说，这画，怎么个意思？

花薄子一听就笑了，说，祝少爷，你和三哥都是行家，我哪敢班门弄斧哇。

祝小染摇头说，说实话，我还真没谱儿。

花薄子说，祝少爷这么说就客气了，这是有名的《点秋香图》啊，怎么会看不出来？

祝小染听了一愣，《点秋香图》，不是唐伯虎的手迹吗？

花薄子说，是呀，据说这还是唐伯虎的得意之作呢。

祝小染又伸过头看了看，可这，不是唐伯虎画的呀！

花薄子朝画屁股指了指说，你看这款儿是谁，六如居士呀。

祝小染这些年毕竟让人坑得多了，虽然经常吃亏上当，也已经长了心眼儿，这时又歪着脑袋仔细看了一阵，才回过头说，我刚才就有点儿含糊，薄兄这一说才想起来，唐伯虎是有个别号，叫六如居士，可这么珍贵的东西，三哥是从哪儿淘换来的？

花薄子一听就笑了，说，祝少爷误会了，听你这话，倒像是有点儿不信的意思，这幅画要说起来，其实跟你也没吗关系，你就是真想要，我三哥肯定也舍不得出手，他今天请你来，不过是因为大家都喜好这个，也算个同道，有了好东西一块儿品品而已。祝小染一听脸立刻红了，赶紧解释说，薄兄也误会我了，小弟绝没这个意思，既然三哥让我来瞻仰，还真想借这机会长点儿学问，刚才问这画的来路，也是想知道个来龙去脉。

花薄子这才说，我也是听说，这画原本是三哥一个朋友的，那朋友急等着用钱，跟三哥借了两千大洋，为有个信誉，才把这画押在这儿了，说是他祖上传下来的，现在值多少就不讲了，倘三个月还不上钱，这画就不拿回去了。后来这朋友的事干砸了，到三个月头儿上果然还不上钱，这才把这画留这儿了。花薄子说，三哥虽是干这个的，可还是担心自己看走眼，这才请祝少爷来看看，其实他的心里也不踏实，有怕上当的意思。

祝小染听了，沉了沉问，薄兄怎么看这画？

花薄子摇摇头，不瞒祝少爷，其实这幅画，我早让行里的朋友看了，而且看的人还不止一个，都说没假，肯定是真迹，说着叹口气，可三哥不信，还是嘀咕。

祝小染一听笑了，他不信你，反倒信我？

花薄子说，是呀，不是有句话吗，远来的和尚好念经啊。

祝小染听出这话有点儿酸，也就没往下接茬儿。

花薄子又说，其实祝少爷今天来，也是帮了个忙。

祝小染问，怎么说？

花薄子说，三哥是个有主意的人，他嘴上不说，其实我知道，这一阵子，他一直在给这画找买主儿，要说找买主儿也就找，可怎么个卖法儿，就不一样了。

祝小染没听懂，眨巴着眼，看着花薄子。

花薄子说，自个儿手上这东西要是真的，自然有底气，倘不敢保真，心里就发虚，心里一虚开的价儿也就难免透着虚，我是担心，挺好的一匹千里马，可别让他卖成个嘬嘴儿骡子的价钱，真要仨瓜俩枣儿地出手就亏大了。说着又喘出一口气，今天你祝少爷来了，这事就好办了，这东西是看新还是看旧，我说他不信，也许你一说，他就信了。

正说着，花厚子一挑帘儿进来了。这时菜也上齐了，孤丁给倒着酒，花厚子就问祝小染，怎么样，祝少爷，这半天已经过了眼，我这画，你看有吗闪失吗？

祝小染没立刻说话，只是拿眼看着花厚子。

花厚子也看了看祝小染，祝少爷有话要说？

祝小染说，既然这么说，我也就不拐弯抹角儿了，三哥今天让我来的意思，我多少也明白了，说实在话，这画我是真喜欢，三哥要是也爱，我当然不能横刀夺爱，可要是不当好的，不如干脆倒给我，说着又回头看一眼坐在旁

117

边的花薄子，刚才薄兄已经跟我说了，这里边的大概意思我也知道了，我要是出一千五百块大洋，让您吃亏，我心里不落忍，出两千五百块大洋让您多赚了，估摸您也不答应，不如干脆，就两千二百块大洋，这多出的二百算是您的利息。

花厚子一听立刻摆手，祝少爷真误会了，今天请你来，我可没有要卖画的意思。

祝小染说，我明白，都明白，不过我刚才说的，也句句都是实在话。

花厚子又寻思了一下，说，不过有件事，祝少爷能告诉我吗？

祝小染说，您说。

花厚子说，你出的这价儿有意思，两千大洋，一个子儿不多一个子儿不少，另外还给我算了两百块大洋的利息，我就不明白，你这个数儿是怎么来的？

祝小染一听赶紧说，我刚才已经说了，您出去这会儿，薄兄已经跟我说了这画的大概意思，再说我在街上玩这东西也不是一天两天了，宽窄薄厚，眼一搭心里也就有数了。

花厚子笑了，点头说，也罢，俗话说，货卖与识家，就依你吧。

这里说着话，饭馆伙计已经又进来几次，一直俯在祝小染的耳边说话。后来祝小染有点儿要急，这伙计再进来，不等他说话就摆手轰走了。这时，这伙计又进来了。这回祝小染真急了，干脆拧起脖子冲这伙计吼了一嗓子，有话让他进来说！别老在外面嘀嘀咕咕的！

伙计没敢再说话，赶紧退着出去了。

第十五章

祝古柳这些年，心里一直藏着个秘密，就是夜里睡觉撒呓挣也没说出来过。

祝古柳十四岁进的祝家，到二十四岁时，又是祝家给娶的老婆。虽说这老婆没几年就病死了，连一儿半女也没留下，后来祝古柳也没续弦，可心里对祝家一直有感念之情。

祝家当年是做煤生意的，不挖，只运。当年唐山的开滦有一条煤河。这条河原本在丰南境内，后来为了往天津运煤，就从胥各庄一直通到了天津。祝家在这煤河上养了二十几只煤船。祝家的老爷叫祝云，是个挺糊涂的人。但糊涂人也有糊涂人的福。人太精明做生意，能算计到骨头里，反倒不见得怎么样。这祝云祝老爷虽然糊里巴涂，生意却一直做得顺风顺水。但后来祝家大奶奶得了暴病，没一个月就死了。这里刚给大奶奶办完丧事，一个叫河野的日本人就来到祝家，跟祝老爷说，想给他介绍一个女人。祝家那时虽然宅子在天津，但为了生意上的事方便，就一直住在唐山。这个叫河野的日本人，祝老爷几年前就认识，知道是个中国通，这些年一直在唐山做生意，早就想掺和煤矿的事，听说在天津也有买卖。祝老爷本不想跟这个叫河野的日本人打交道，但这河野把他要介绍的女人领来，祝老爷一看就喜欢上了。这是个日本女人。日本女人一般都是矮个儿，短粗腿，这个女人却是细高挑儿，细腰儿大屁股，长得也挺漂亮，一见面先鞠躬，说话也细声细气。于是也就答应了。可娶了这个日本女人进门，没过多少日子，就发现了毛病，敢情这女人跟那个叫河野的日本男人还有一腿。毛病最早是祝古柳发现的。有几回河野趁祝老爷去天津收账，来到祝家，一来就跟这女人黏黏糊糊，还嘀嘀咕咕的总像有事。祝古柳起初不敢跟祝老爷说，后来一想，这种事不说不行，还是告诉祝老爷了。祝老爷一听就急了。这回，一向糊里巴涂的祝老爷不糊涂了，不光不糊涂，还干了一件聪明事。他并没声张，也没问这个日本女人，只是从此就留了意。一天又说要去天津办事，得几天才回来。但从家里出来，没去天津，只在附近找个地方，朝自己的家门口看着。果然，一会儿这日本女人也出来了，叫了一辆人力车，直奔小山那边去了。祝老爷也叫了一辆人力车跟在后面。等到了地方，这女人一下车，祝老爷就明白了，这是那个河野的住处。祝老爷扭头就回来了。在家一直等到天黑，这个日本女人才回来。这女人一进门，见祝老爷正黑着脸等她，就知道事情已经败露了，转身要走。祝老爷上前一把揪住她，问她这到底是怎么回事。这女人也是心里害怕，这才说了实话。原来她虽然是日本人，但从小在中国长大，不光会说中国话，对中国的事也都明白。事情已到这一步，既然跟祝老爷说了，也就索性都说出来。她告诉祝老爷，她是这个河野的养女，可说是养女，其实也就是个小妾。这次河野让她嫁到祝家，是看上了祝家在煤河上的运煤生意。

这时日本人在天津开的买卖已经越来越多，还总想把煤的生意也抓在手里。煤河上的几家运煤公司，日本人都已渗透进去，一点儿一点儿占了股份，可唯独祝家的生意，一直不让日本人沾边儿。所以这一次，河野才想了这么个办法，把自己这小妾派过来。祝老爷一听，敢情是这么回事，登时气得两眼发黑。再想自己的老婆，当初好好的就得了莫名其妙的暴病，没几天就死了，这一想，也就不敢再往下想了。但祝老爷也有自己的主意，你河野既然这么干，给我施美人计，我干脆就将计就计。他并没把这日本女人赶走，反倒还留在身边，只是看紧了，索性就跟她踏踏实实地过起了日子。其实这日本女人也已看出祝老爷是个好人，不仅做的是本分生意，人也没邪的歪的，况且那河野已是个六十多岁的糟男人，而祝老爷这时刚四十多岁，正当年，也就死了再回河野那边的心思，干脆一心一意地在这边跟了祝老爷。

就这么又过了两年左右，祝老爷也得暴病死了。祝老爷临咽气，叮嘱祝古柳两件事，一是把煤河上的这二十几只船都卖给一个叫陈胡子的人。这陈胡子是祝老爷一个生意上的朋友，也是在煤河上养船的，这些年跟祝老爷的关系最近。二是让祝古柳把祝家在唐山这边的事都处理干净，然后带着小少爷回天津。这个小少爷，也就是祝小染，当时祝小染只有两岁多，那个日本女人已不知去向，祝古柳按祝老爷的托付，把祝家在唐山这边的事都处理清了，就带着祝小染回天津来。天津人有个习惯，最爱打听别人家的事，而且越是私密的事越有兴趣。这时有好事的人，多少也知道一点儿祝家的事，掐指头一算，就算出这里边有差头儿。当初祝家的大奶奶死后，那个日本女人是几个月后进的祝家。在祝家过了两年左右，祝老爷就死了，而这时这个小少爷正好两岁，他到底是祝家大奶奶生的，还是那个日本女人生的？好事的人问陈胡子，陈胡子也说不知道，再问就说，只有祝家的家人祝古柳清楚。祝古柳那时还叫祝福贵。人们就又来问祝福贵。但祝福贵一听也扑棱脑袋，说不知道。

　　显然，祝福贵这样说，就是成心说瞎话了。

　　如果说陈胡子不知道祝家的事，还勉强说得过去，祝福贵是祝家的家人，就不可能不知道了。他说不知道只有一种可能，就是不想说。但日本人的长相儿跟中国人没吗区别，光从外表看，还真看不出来。后来有一个在学堂教书的先生，挺有学问，据他说，中国人和日本人别看表面看不出来，其实还是有区别的。从人体解剖学的角度，在头骨上，从两边的耳朵后根到后脑勺儿，各有一道骨缝，这骨缝中国人没有，只有日本人才有，所以叫"日本沟"。但话是这么说，隔着皮肉还是看不见骨头，谁也不可能去撕开这祝家小少爷的脑袋。于是这祝家少爷到底是祝家大奶奶生的，还是那个日本女人生的，也就成了一个谜。

　　当初祝老爷临死时，曾向祝福贵交代，祝家的这份家业就交给他了。等他把小少爷养大，成不成器另说，只要看着，别让他把这份家业踢腾光了也就行了。但祝老爷的话虽这么说，祝福贵的心里也明白，自己比这小少爷大三十来岁，活着时能看着他，可自己将来总有走的那天，剩下他自己的日子就难说了，是混打了瓦，还是在街上成了"倒卧儿"，那就只能看他自己的造化了。但有一件事是祝福贵没想到的。祝家这时虽然已经没人，可他在小少爷的跟前毕竟还是家人身份，这小少爷从小甭管什么事，也就都依他，这一来也就宠得很任性。小时候还好说，再怎么折腾也有个收敛，不至于太过分，一大就不行了，整天胡作胡反，家里的钱就跟白来的似的，想起一出是一出。去学堂念了几年书，没学会别的，反倒学会花钱了，不知怎么就迷上了名人字画，整天在茶馆跟一些倒腾这些东西的闲扯。还给祝福贵改了名字，让他叫祝古柳。祝古柳倒也听说，让叫就叫。起初还苦口婆心地劝他，后来明白，劝也是白劝，不劝还好，一劝反倒急了，还挨他的狗屁呲，索性不劝了。

　　这天一大早，祝古柳先把宅子里外收拾利落。祝小染头天晚上又在街上跟几个朋友喝大了，还没醒。祝古柳叮嘱底下的老妈子小心伺候着，自己就又奔北大街来。

　　大不同命馆敞着门，玄机子已经穿戴整齐，正坐在迎门的卦桌旁边。一见祝古柳进来就笑笑说，你总算来了，盛德宏茶叶庄的罗掌柜请我去，你再不来我就走了。祝古柳听了又一愣，自己来命馆只是临时动意，这玄机子怎么会知道？玄机子好像看出祝古柳的心思，又一笑说，你家少爷，怕是又让人敲了一下吧，这回可是个大头儿，应该得有两千多。

　　祝古柳团着脸叹口气说，是，又扔了两千多，拿回一幅烂画。

玄机子说，是唐伯虎的《点秋香图》？

祝古柳一下瞪圆了眼，看着玄机子说，仙师已经算出来了？

玄机子略一沉吟，又说，按说我这行，最禁不住褒贬，从来都是信则有，不信则无，可你信也罢，不信也罢，只在心里搁着就行了，别说出来，真说出来，对谁都不好。

祝古柳被玄机子这一番话说得有点儿摸不着头脑。玄机子也看出祝古柳有点儿蒙，这才又说，咱先把话说在头里，我也是刚来这北门里做生意，在街上人地两生，不想还没到哪儿，先跟谁结了梁子，今天我这话，是哪儿说哪儿了，你不能传出去。

祝古柳连连点头，是是，仙师的话我懂，天机不可泄露。

玄机子说，倒不是泄露不泄露天机的事，真让谁知道，我在背后拆了人家的财路，这仇就结大了。我虽是正经人，可旁门左道的事也知道一点儿，俗话说，宁得罪君子不得罪小人。

祝古柳赶紧说，这我当然明白，仙师只管放心，这命馆里的话，您一说，我一听，到我这儿就打住了，回去只跟少爷说，别人，就当是烂在我肚子里了。

玄机子这才点头，又说，你家少爷这事，怕是没这么简单，后头还得破财，少则三五日，多则十几天，不过这回可就不是千头八百了，弄不好就得倾家荡产。

祝古柳一听，连头发根都立起来，跺脚道，我就说嘛，其实今天来，为的就是这一节，这些日子，我家少爷已经

124

让这两个姓薄的缠上了，又要拉他一块儿做生意呢！

玄机子说，别的就别说了，我能告诉你的，也就这么多了。

说完就站起来。祝古柳一见，也只好告辞出来。

祝古柳这个上午从北大街回来，路上走了足有一个时辰。这一个时辰不是走道儿，是在心里寻思事。中医有句话，叫邪病邪治，得了虎狼病也就只能用虎狼药。祝古柳回到祝家门口时，心里就已经打定主意，这回这事，看来也只能用虎狼药了。用了虎狼药只会有两种结果，要么药到病除，把玄机子说的这一劫化解了，要么不光于事无补，少爷反倒把一个屎盆子都扣在自己头上。但又想，谁让自己当初已答应过老爷，事到如今，也只能是扳倒葫芦撒了油，宁愿自己最后顶着一脑袋屎被赶出祝家，在街上成了要饭花子，也不能眼看着少爷再往别人挖好的坑里跳。祝古柳这一想，把心一横，就进了祝家的大门。

让祝古柳没想到的是，他这回说的话，祝小染还真听进去了。祝小染已经起了，刚洗漱完了，正坐在后院的花厅喝茶。祝小染再怎么二百五，毕竟也已是三十来岁的人，又多少读过一些书。这次从闲人居把这幅《点秋香图》拿回来，静下来一想，心里就有点儿嘀咕。有心把给钱的事往后抻抻，再犹豫犹豫，可那个晚上在饭桌上已经把话说出去了，倘现在反悔，面子上又下不来。这时一听祝古柳说了玄机子的这一番话，心里就是一惊。祝古柳以为少爷听了自己背着他跑去北大街算卦，把祝家的事都抖搂出去，得跟自己急。不料少爷不光没急，倒低着头半晌没言语。

过了一会儿，才抬起头问，这个玄机子，还说吗了？

祝古柳明白了，看来少爷也有怕的时候。他是一听玄机子算得这么准，又算出自己这回不光破财，弄不好还得倾家荡产，心里没底了。于是也就趁机把自己在道儿上想好的主意说出来。他说，少爷不如亲自去一趟这命馆，让这个玄机子再当面给算算。

祝小染听了想想，就答应了。

当天下午，祝小染睡醒午觉，起来收拾停当，又换了件衣裳，就带着祝古柳出来。叫了一辆胶皮，直奔北大街来。祝小染路上一直低着头寻思。来到北大街，回头冲跟在后面的祝古柳说，你说上午来时，这玄机子已经知道你要来，现在我来了，他能算出来吗？

祝古柳一路上也一直在寻思这事。他当然知道，少爷是个矫情的人，如果他这趟来了，这个玄机子没算出来，那他后面说的话，少爷自然也就不会信了。可这个玄机子到底能不能算出来，祝古柳的心里也没底，于是吭哧了吭哧，不知该怎么说。

果然，祝小染说，他要是能算出我这趟来，我就信。

祝古柳一听，心一下子就提起来。

大不同命馆关着门，看着有些死气。祝古柳来到门前，心里咯噔一下。如果玄机子已经算出这个下午祝小染会来，命馆应该不会关着门。这么想着，上前轻轻推了一下，门立刻开了。祝小染这时想的跟祝古柳一样，就一步迈进来。这才发现，迎门的卦桌上放着一张纸。祝古柳过去拿起来看看，赶紧递给祝小染。

祝小染接过一看，见纸上写着，祝少爷少坐。

祝小染一愣，回头看看祝古柳。

这时，祝古柳的心里才松了一口气。

祝小染在卦桌旁边的太师椅上坐下来。一会儿，就听屏风后头有脚步声。祝小染一回头，见一个四十来岁的白面男人走出来。心想，这应该就是玄机子了，于是赶紧站起来。玄机子走过来笑笑说，祝少爷失敬，上午去盛德宏茶庄，罗掌柜非要留吃饭，回来晚了。

祝小染没说话，抬头看着玄机子身后的墙上。墙上挂着一幅字画，写了三个字，"问心处"。祝小染盯着这字画愣愣地看着，心里在寻思这三个字的意思。

玄机子又说，祝少爷既然来了，有话就说吧。

祝小染这才回过神来，心想，看来这个玄机子果然有些道行，索性就撂下面皮说，上午仙师说过的话，家人回去都跟我说了，您既然是慧眼如炬，我也就实不相瞒，想来想去，这也许是缘分，这回该着我躲过这一劫，来命馆，是想让您当面给指条明路。

玄机子一笑，祝少爷是听了"倾家荡产"这四个字，吓着了吧？

祝小染脸一红说，也是，也不是，这四个字搁谁都得吓一跳，不过眼下也确实有个事，我正跟朋友商量着做一桩买卖，可商量是商量，一直吃不准这买卖做还是不做。

玄机子摆摆手，意思是不让祝小染再说下去了，然后拿过笔来，微微一笑说，我写一个字，就是你这桩买卖了，你先看对不对，对了，咱再往下说，不对就不用再说别的了。

说着，就在刚才那张纸的背面工工整整地写了一个"斋"字。

这样写完，放下笔，把这张纸往祝小染的面前推了推。祝小染伸头一看，脸上立刻变了颜色，连声说，对对，眼下要做的这桩买卖，是有这么个字。

接着，又小心地问，仙师看，我这个买卖能做吗?

玄机子稍稍沉吟了一下说，照说呢，一行有一行的规矩，我这行讲的是嘴上留德，别管是婚姻是生意还是朋友交情，都是说合不说破，这桩买卖能做不能做，祝少爷别问我，就是问了我也没法儿说，不过，我送你四个字，只要记住就行了。

祝小染忙问，哪四个字?

玄机子说，只进，不出。

祝小染把这四个字在嘴里转了转，一时咂摸不出滋味儿。其实，"只进不出"这四个字乍听起来，就是一句废话，别说祝小染眼下这生意，做哪路生意的，想的都是只进不出。这只进不出用生意场上的话说，也就是无本无利，空手套白狼。空手套白狼谁不想? 但这话说着容易，真用空手去套白狼，又有几个能套住的? 不过祝小染这趟来，也真用了心思。一用心思，再遇事，就在脑子里多转几个弯儿。这时就想，既然说的是废话，这玄机子还这么讳莫如深，肯定有他的道理。于是说，仙师这四个字太高深了，还请您明示。

玄机子笑笑说，也没吗高深的，说白了，就是从现在起，别再往外扔钱，进可以，有多少收多少，只要不出就行。

说着看一眼祝小染，另外，也可以先找这两个朋友借几个钱花花。玄机子说到这里，见祝小染仍是一脸的困惑，就说，这么说吧，这段日子，祝少爷从这两个朋友的手里买字画，总共花了多少钱，心里该有个大概的数吧？

祝小染想想说，连大件带小品，有三千大洋吧。

玄机子说，好，这些字画的真假且不去管它，你只要跟这两个朋友说，眼下遇上点儿事，一时手头儿窄，跟他们借三千大洋，就拿这几件字画做抵押，看他们怎么说。

祝小染一听，立刻扑棱着脑袋说，这不行，没这么干的，人家肯定得说，我是买了这几幅画又后悔了，存心想找后账，况且这样借钱，也肯定借不出来，只能白饶一面儿。

玄机子一笑，祝少爷要是信我，就去试试，借不出这三千大洋，我给你。

祝小染一听，又愣住了。

这时祝古柳已在旁边急得直跺脚，忍不住凑过来说，少爷，你听仙师的就是了！

玄机子又说，祝少爷想想，如果你这两个朋友不借钱，岂不是不打自招，承认卖给你的这几幅画不值三千大洋？如果真这样承认了，后面跟你还有一笔远不止三千大洋的买卖，这一来不也就全完了？他们干这行，自然都是聪明人，这笔账算得过来。

祝小染一听，这才恍然大悟了。

第十六章

　　玄机子写的这个"斋"字，确实一下就算准了。这一阵，祝小染正跟花厚子商量着要在大胡同开一家纸砚斋。从字号就能听出来，自然做的是书画生意。祝小染这些天心气儿挺高，正家里外头忙着四处筹钱。祝小染酷爱名人字画，早就想自己开这样一个买卖。没想到，想吃冰就下雹子，正愁不知怎么干，一个机会就送上门来。

　　头些日子，花薄子请祝小染去一壶春茶馆喝茶。祝小染嫌乱，说还是去山西会馆后身儿的春鸣茶坊。两人来到春鸣茶坊，喝着茶，祝小染问花薄子，这一阵怎么总没见三哥，他又在忙哪儿的生意。花薄子先叹口气，才说，这些天三哥的心里正烦，急得起了一嘴的燎泡。祝小染忙问，为吗事？花薄子先有些犹豫，好像不太想说，再问才说出来，大胡同有一家洋杂货店，老板是个洋人，年前说要回国，打算把这铺子盘出去，可这店铺忒大，楼上楼下够开四家买卖的，有一家货栈想要，自己一家又没这么大底，一来二去这事也就一直这么晃荡着。后来跟这洋人一商量，就想再凑几家，大伙儿合着把店铺盘下来。花薄子说，现在这洋人急着回国，要说开出的价钱，是贱得不能再贱了，三哥也想去盘下一块，开个书画店，可手头的钱都压在别的生意上了，一时周转不开，眼看着这么一块肥肉摆在眼前，却吃不到嘴。花薄子说着瞥了祝小染一眼，你说这事，他能不上火吗。

祝小染听了心里一动，嘴上却没说话。

天津人都知道，大胡同是个繁华地界，又守着三岔河口，南来北往的各种杂货到了天津，都集中在这儿，是个做生意的黄金宝地。也正因如此，这一带的买卖铺子也就一家挨一家。祝小染年前在茶馆喝茶时，也有耳闻，说是大胡同有一家挺大的洋杂货店要出手，老板是个意大利人，名字听着也挺怪，叫阿历桑德罗。这么各色的名字不光难记，也绕嘴，街上的人就都叫他老阿。天津这些年有不少洋人开的大小买卖，但日本人居多，再有就是朝鲜人和俄国人，西洋人的买卖少，所以这个叫老阿的意大利人在大胡同的这家洋杂货店也就显得挺生涩。据说这老阿当年刚来天津时，还闹过笑话。中国人别管男女，拉屎都习惯蹲着，觉着蹲着才能使上劲，小孩子从一会走道儿就知道蹲着拉屎。这样年长日久，也就练出了一个本事，人的脚后跟各有一条大筋，这样蹲的日子长了，脚后跟的这两条大筋也就抻长了。所以中国人都能蹲，也会蹲。但西洋人拉屎不是蹲着，是坐着，都习惯坐马桶，甭管有钱的还是没钱的，都是坐着拉屎，所以他们脚后跟的这两条大筋也就没抻出来，都短。大筋一短，自然也就不会蹲，还不光不会蹲，干脆就是蹲不下去。要说蹲当然也能蹲，但跟中国人的蹲法儿不一样，中国人蹲下，两个脚后跟照样可以挨着地，但洋人不行，由于这两根大筋短，一蹲下，脚后跟也就得抬起来。日本人和朝鲜人来天津拉屎还行，他们跟中国人的人种一样，这个区别还看不出来，俄国人也能凑合，唯独西洋人就不行了。这个叫老阿的意大利人刚来天津时，不知中国人拉屎的规矩，头一次去厕所，进去见是一个坑一个坑的，旁边还蹲着个中国人，也就学着解开裤子蹲下来。可他并不知道自己脚后跟的这两条大筋短，这一蹲，身子一下就朝后仰过去，一个倒栽葱掉进了茅坑。当时旁边蹲的是个卖烤白薯的，老阿在茅坑里比画着，让他把自己拉上来。可这个卖烤白薯的一见这茅坑里的洋人已经从头到脚一身的屎，嫌臭，不想管。最后老阿比画着跟他商量，说好把自己拉上来，他这一炉子烤白薯自己全要了，这个卖烤白薯的才找来一根树枝，让老阿抓住，一使劲把他从茅坑里拽出来。后来这个卖烤白薯的跟一块儿在街上做生意的人一说，一下就传成了笑话。

祝小染这次在春鸣茶坊听了花薄子的话，当然虽然没吭声，却已经入心了。祝小染想的是，自己早想开这么个书画店，可一直没机会。这几年也曾问过懂行的，开书画店不像别的买卖，不光底大，风险也大。况且自己做生意本来就是个外行，真把钱投在这上面，还别说能赚不能赚，收得回收不回本钱都是一回事。这回正好是个机会。经过这一段接触，看得出这个薄三哥不光有心路，做生意应该也很精明，如果跟他合着干，自己只出钱，平时生意上的事让他去打理，这样既能玩，还省心。祝小染在家里盘算了几天，这天下午，薄家兄弟又传过话来，说晚上想在闲人居一块儿吃个饭，问祝小染有没有空儿。

祝小染一听正中下怀，立刻就答应了。

这个晚上是祝小染做东。花厚子也就没跟他争。吃着饭，祝小染憋不住，自己先提起在大胡同开书画店的事，问花厚子，钱筹得怎么样了。花厚子一听，就放下筷子说，其实今天想跟祝少爷说的，也就是这事。祝小染立刻说，大概的意思，那天和薄兄一块儿在春鸣茶坊喝茶时，薄兄都已跟我说了。花厚子点头说，是呀，要说这事，当然是个难得的好事，这洋人要不是急着回国，也不会把这个铺面的价钱砸这么低，简直就是捡个洋落儿，可捡洋落儿是捡洋落儿，捡了这个洋落儿，这书画店开成个吗样儿就另说了。

祝小染眨眨眼问，这话怎么讲？

花厚子说，生意的事，谁说得准。

祝小染明白了，立刻说，这是自然，世上哪有保赚不赔的买卖。

花厚子说，其实我看中的，是大胡同这块地界，水旱两路都方便，地面儿也早让各种买卖做热了，不是块凉地皮，不敢说日进斗金，也是个能生财的地方，可就是眼下，手头儿的钱都占着，一时半会儿挪动不开，再这么晃荡下去，眼看着这块肥肉就让别人抢去了。

祝小染说，三哥别急，办法是人想的。

花厚子听了，瞟了祝小染一眼。

祝小染又说，那天听薄兄说这事，我心里也一直寻思。

花厚子哦了一声，祝少爷是怎么个心思，你说说。

祝小染说，我也正想跟三哥商量，这事，咱能不能合着一块儿干？

花厚子说，祝少爷要真有这个意思，当然是再好不过了，其实跟人合着干，这事我也想过，可生意上的事不像别的，平时一块儿吃吃喝喝能论朋友，一做生意，真动钱的事就另说了，倘再碰上个志不同道不合的，最后别说生意做不成，也许连朋友也没得做了。

花薄子也在旁边点头说，是呀，怕的就是这个。

花厚子接着又说，不过，你祝少爷就是另一回事了，从咱一见面，就看出有缘分，这些日子聊天儿说话也能说到彼此的心缝儿里去，如果咱一块儿干，谁赚多赚少不叫事，正所谓肉烂在锅里，反正也没赚到外人兜里去，甭管上下里外，买卖上的事一商量也就行了。

祝小染连连点头，说是是，然后又试探着问，这买卖，大概要多大的底？

花厚子说，总共先有五千大洋，估摸着也够了，后面真干起来再另说。

祝小染想想说，要说数，倒不是太大。

花厚子又说，不过要说这底，也得分两下里说，一是咱各出多少，然后按股份算；二是索性就由你祝少爷一边儿出，我给你当掌柜，只管打理，咱是一个出钱，一个出力。

祝小染的脑子一下转不过来，没吭声。

花厚子也就不说话了。

花薄子一见，就张罗着喝酒。又喝了一会儿，花厚子放下酒盅，又说，要我看，咱要是真一块儿干，这后一种干法儿最简单，你祝少爷也省心，只在家里身不动膀不摇，想玩就来铺子玩一会儿，不想玩，只在家里等着数钱就行了，也不耽误别的事。

花厚子的这几句话，倒真说到祝小染的心缝儿里了。

祝小染之所以不爱做生意，就是嫌麻烦。做生意能赚钱，赚钱当然谁都想，祝小染再怎么二百五，也知道钱是好东西。可好东西是好东西，不能让他累着，更不能让他麻烦，一累，再一麻烦，他就没兴趣了。现在开这个书画店，如果自己只管出钱，不用操心，这当然是再好不过的事了。于是又想想，就点头说，这么干，倒也是个办法。

花厚子一听立刻说，祝少爷可想好了。

祝小染点头，想好了。

花厚子说，好吧，真要定下来干，六天之内，头一笔三千大洋就得拿出来，眼下盯着这铺面的人挺多，荣发货栈的田老板已经也要伸手，真让人捷足先登，咱可就白忙活了。

这时祝古柳在旁边，脸已经急得煞白，实在忍不住了，就过来偷偷搋了祝小染一把。祝小染啪地打掉他的手，想了想转头对花厚子说，六天太紧了，怕凑不齐。

花厚子说，那就十天吧，可不能再晚了。

祝小染又想了想，说行，就十天，我去想办法。

花薄子在旁边说，祝少爷先给咱这买卖取个宝号吧。

祝小染略一思忖，眉毛一扬说，嗯，就叫纸砚斋吧！

第十七章

花厚子自从娶了这个叫巫素贞的女人，已经心满意足。心满意足是满意在床上。花厚子跟巫素贞在床上只干两件事，第一件自不用说。花厚子有了巫素贞，对床榻上的事也有兴趣了。这种事也像抽烟，能上瘾。其实上瘾就是一种习惯。习惯的时间一长就不仅是生理依赖，也是心理依赖。现在花厚子每晚到了床上，得先跟巫素贞痛痛快快地干一次，不干就觉着浑身皱巴。在床上干的另一件事，就是让巫素贞扎针。这件事就更不用说了，花厚子也已经上瘾，甚至比前一件事的瘾头儿还大。不过花厚子满意巫素贞，也只是在床上，一下床就是另一回事了。花厚子虽然对巫素贞没留戒心，每次花薄子来商量事，也不背她，但还是不喜欢女人打听自己的事。巫素贞起初问过几次，花厚子都很不高兴，不光不高兴还皱起眉头，后来就干脆对她说，男人说的是男人的事，女人别打听。

这以后，巫素贞才不敢问了。

花厚子和祝小染说好，十天之内凑齐第一笔三千大洋。

到第十天头儿上，眼看已快到中午了，还没见祝小染那边有动静。正想让孤丁去叫花薄子，商量一下，就见念三儿来送信儿，说是祝小染祝少爷正等在春鸣茶坊，请花厚子过去。

花厚子一听，就穿上衣裳出来了。

祝小染已等在春鸣茶坊后面的花厅，一见花厚子来了就起身迎过来。花厚子笑着说，祝少爷真是一言九鼎啊，说好十天，就是十天，照这样，咱将来的生意肯定错不了。

祝小染却涨红脸说，三哥先别夸我。

花厚子看出祝小染的脸色不对，问，怎么回事？

祝小染吭哧了一下说，我今天，不是来送钱的。

花厚子一听，轻轻哦了一声。

祝小染说，这几天，我家里遇上点儿事，不光没凑上这三千大洋，还想跟您商量，要是方便，能不能先借我三千救救急，也就是几天的事，等我一挪动开，立刻就还您。

这时花薄子也来了，站在旁边，跟花厚子对视了一下。

祝小染指了指身后的祝古柳，祝古柳的怀里正抱着一堆大大小小的卷轴，然后对花厚子说，三哥常说一句话，亲兄弟也得明算账，我跟您借三千大洋虽不算多，可数起来也得数一会儿，我要是押旁的东西，怕您不放心，想来想去干脆，就先把您让给我的这几幅画押在这儿，咱哥儿俩也心明眼亮，过几天我把钱还上了，这些画还是我的。

谁都听得出来，祝小染说的这只是半句话，过几天如果把钱还上了，这些画还是他的，可如果还不上，这些画自然还是花厚子的了。花厚子听了，回头看看祝古柳怀里抱的这堆画，又看看祝小染，冷冷一笑说，祝少爷这是怎么个意思呀，是不是听谁在背后说了吗话，挑出我这画的毛病，现在又回我这儿退来了？

祝小染一听忙说，三哥误会了，我这人的脾气你还不知道，别说三千，要真假了，就是两个三千三个三千，我也不会回来找这个后账，都说我二百五，我还就是这么个二百五脾气。

花厚子不说话了，用两眼看着祝小染。

祝小染说，我是真遇上事了，眼下实在筹措不开。

祝小染见花厚子还不相信，就又说，咱说好的那第一笔三千大洋，我本来已经有了着落，底下的铺子说好了，今天一大早儿就把号票送过来，今天一早，人倒是有人来了，可来了冲我一抖搂手说，这三千大洋收是收上来了，可收账的人卷钱跑了，眼下连付人家货款的钱都没了，现在几个货主儿也不走，就堵在铺子的门口儿瞪眼等着。祝小染说着又叹了口气，不管怎么说，我也是瘦死的骆驼不倒架儿，咱说好的那三千大洋，肯定没问题，大不了我拆东墙补西墙，怎么着好歹也能凑上，可就是眼前这火燎眉毛的事，总得先答对过去。

花厚子看着祝小染问，这么说，祝少爷的意思，咱那书画店还照开？

祝小染说，当然照开，等我把这铺子的事胡噜平了，别的账再收上来，总共不就几千大洋的事吗，也不多，让他们赶紧凑上给送来就是了，最多也就耽搁几天，误不了事。

花厚子说，既然这样，我想想办法，先帮你把这三千凑上吧。

祝小染说，这几幅画，还是先押在三哥这儿吧。

花厚子一笑说，画就不必了，我还信不过祝少爷吗。

说着叫过孤丁，让他去拿一张三千大洋的号票来。一边说，一边使了个眼色。孤丁会意，点了下头就转身走了。花厚子又转身叮嘱祝小染，只是这纸砚斋的事，那第一笔三千大洋，不能耽误长了，这几天洋人那边一直催，时候一长，恐怕夜长梦多。

祝小染说，三哥放一百个心。想了想又说，我说句不该说的话，这几幅画，还是先留您这儿的好，眼下我从您手里拿了三千大洋，虽说打了借据，可日后这借据也不过就是一张纸，有这几幅画在，三哥这里稳妥，我心里也踏实。

花厚子点头说，随你吧。

花厚子这个中午刚到家，花薄子来了。两人说起这事，花薄子也觉着有点儿蹊跷。纸砚斋的事原本已经说得好好的，怎么到第十天头儿上，突然又冒出这么一档子事？花薄子说，我琢磨着，莫不是背后有人给这二百五少爷出主意了？如果真是这样，就凭借钱又押画这一招儿，就能看出这后面的应该是个高人。花厚子却摇头笑笑说，现在看，他背后有人是肯定的，不过也不是吗高人，那三千大洋不提了，现在反过来还要再借三千，他这么干不是太明了吗，干脆说就是想回头再敲咱一下，真有道行的人，能给他出这么蠢的主意吗？

花薄子听了，想想也对。

花厚子说，再猜也没用，先走一步看一步吧。

祝小染果然没食言。几天以后，又请花厚子去春鸣茶坊，拿出三千大洋的号票，说是借的那三千大洋也就是这一两天的事，马上就能还三哥，眼下先把这三千大洋的盘铺子底钱凑齐了。花厚子没料到祝小染真把钱拿来了，心里松了口气。想想前几天的担心，看来是有些多虑了。于是笑笑说，是呀，说实话，那三千我还真等着用。接着又说，只是这笔钱，确实来得晚了点儿，这些天洋人那边也不催了，不知是不是已经有人从中插了一杠子，也许后面的事再办起来就有点儿棘手了。祝小染一听担心地问，不会再出别的岔子吧？

　　花厚子说，岔子估计倒不会出，不过这钱已经晚了这些天，咱总是有点儿不占理，就怕洋人拿这说事，借机会又把价往高里抬，那可就真有点儿麻烦了。

　　祝小染试探着问，三哥估摸，他要抬，能抬多少？

　　花厚子摇头，这就难说了，不过俗话说，帽子再大也大不过一尺去，我看这样吧，祝少爷手头儿要是方便，就再多给我个一千两千，反正也是早拿晚不拿的事，我先在手头预备着，以防万一，别等那洋人真一吊腰子，要抬价，咱弄个措手不及。

　　祝小染想想说，也好，眼下我倒还能凑两千，就都给你吧。

　　大家说定，两天后，等办妥手续，就去看铺子。

　　祝小染这时才有点儿不好意思地说，三哥，我说句透底的话，你可别笑我，按说办这么大的事，我该先去铺子看看才对，可我这人的脾气你知道，最怕麻烦，天生对生意上的事也不懂局，就算看了也是白看，所以这后面一应的事，就全仰仗三哥了。花厚子一笑说，祝少爷只管把心搁到肚子里，俗话说，受人之托，忠人之事，你就回去赚好儿吧。

祝小染听了，连连点头。

花厚子又说，只要不出意外，这事应该没吗闪失了。

祝小染说，有三哥这话就行，那我就回去等好消息了。

两天以后，花厚子果然让人传过话来，说是洋人那边很顺利，手续都已办妥了，铺面也已盘下了四分之一，可以去看了。祝小染一听挺高兴，立刻来到大胡同。

祝小染平时都是出了饭馆进茶馆，出了茶馆又进饭馆，整天只认这两个地方，大胡同只是听说，却从没来过。这时坐着胶皮过来一看，发现这里竟然这么热闹，看着比南市那边还繁华。这铺子离金刚桥不远，把着河边儿，还挺豁亮。祝小染刚下了胶皮，花薄子也赶来了。花薄子说，三哥临时有事，让咱俩先看看。说着就和祝小染往这铺子里走。祝小染来到门口，忽然站住了，伸头往里看看，感觉好像有点儿不对。这商号的门面确实挺大，看着也像个洋买卖的意思，可这门口儿虽然进进出出的都是人，这些人却不像是来逛商铺的。看里面，也不像刚关张又新开业的意思。再仔细看看，怎么看也不像是做买卖的铺子。祝小染的心里有点儿嘀咕，又不好说出来，就凑近花薄子问，咱是不是走错地方了？

花薄子也有点儿含糊，往里看看说，地方是没错，可看着不太对呀？

这时见一个伙计模样的年轻人出来，像是要去哪儿送帖子。祝小染就上去拦住问，这位小兄弟，打听个事，这里边，是洋人刚盘出去的铺子吗？

伙计站住了，上下看看他说，是呀？

祝小染问，现在这是个吗铺子？

伙计翻翻眼皮说，不是铺子，是旅馆。

祝小染一愣，又问，旅馆？多咱开的？

伙计说，没多少日子。

说完就扭头走了。

祝小染慢慢转过身，看着花薄子，半天没说出话来。这时花薄子的脸色也变了，沉了半晌才说，看来这事，要麻烦。接着又哼一声骂道，这些洋杂种，真他娘的不能打交道！

祝小染问，这究竟怎么回事啊？

花薄子说，这你还不明白，明摆着，他是一个闺女许了俩婆家。

然后一拉祝小染的袖子，先回去吧，这事得赶紧跟三哥商量。

当晚，花厚子来闲人居跟祝小染见面。祝小染和花薄子一直等在这儿，这时一见花厚子来了，祝小染就迎过来说，三哥，咱这买卖到底还是出了岔子。花厚子看着倒还沉得住气，说，我已经听说了，这洋人早在咱之前，已经先把这铺子盘给别人了。

祝小染急着问，那咱的钱给没给他？

花厚子皱着眉说，要命就在这儿，我也是忒信这些洋

142

人了，觉着他们都是傻实诚，也没事先打听清楚就跟他们过了手续，钱也都如数付清了。

祝小染问，还能要回来吗？

花厚子无可奈何地摇头说，眼下这些卷毛儿畜生早就坐着欧罗巴的小火轮儿漂在海上了，还上哪儿找去，再说手续也是白纸黑字，咱就是真找着他，也只能去公堂上说话了。

祝小染一听跺脚说，三哥呀，那可是五千大洋啊！

花厚子起身拍拍祝小染的肩膀说，祝少爷只管放心，我薄某人也是茅房拉屎脸儿朝外的人，虽然不敢说吐口唾沫砸个坑，向来也是说话算话，这五千大洋是经我手出去的，我绝不会让你白瞎了，退一万步说，就算真白瞎了，也还有我这个人在，到时候我赔你就是了。

祝小染听出花厚子这话的味儿不对，赶紧说，三哥这话就说得见外了，倒不是赔不赔的事，我意思是说，这事咱太窝囊了，几千大洋扔出去，连个响儿都没听见。

花厚子说，祝少爷放心吧，甭管怎么说，这个响儿，我也让你听见。

第十八章

　　花厚子做事一向很缜密，也正因为缜密，这几年才一直顺风顺水。可没想到，这回却瓷瓷实实地吃了一个哑巴亏。一开始跟祝小染说的，洋人要盘这杂货店，这事不是没有，真有。可这已是年前的事了。那个叫阿历桑德罗的意大利人早在几个月前就把这铺子盘给一个山西人。这山西人没几天也就把这杂货店改成了旅馆。花厚子一开始跟花薄子商量时，两人都觉着这事有点儿棘手，恐怕没这么简单。可没想到，这个叫祝小染的二百五少爷竟然这么好糊弄。其实也就是一层纸的事，他只要叫一辆胶皮，去大胡同转一遭，进那个洋杂货店看一下，这个西洋镜也就戳破了。可这个二百五少爷的腿脚儿偏就这么金贵，只几步道儿，他愣是懒得去。这就没办法了，破财也像进财，真到了该着的时候，挡都挡不住。

　　但花厚子还是把这事情想简单了。等事情全落了听，花厚子拿着祝小染的这两张号票，一张三千，一张两千，去银号兑现洋，才知道根本不是这么回事。这两张号票倒

144

是真的，祝小染在银号的户头也是真的，只是这户头是空的，连一个大子儿都没有。也不能说一个大子没有，只有一块大洋压账。花厚子听了没说话，扭头就从银号出来了。

花厚子是个喜怒不形于色的人。从银号回来的路上，脸上虽然不动声色，心里却咬着后槽牙想，祝小染的这一手真是损透了，一直损到了骨头里。他损就损在，现在自己就是浑身是嘴也没法儿说出来。这事从皮儿上看，花厚子已经告诉祝小染，这两张号票在盘铺子时就已交给那个叫阿历桑德罗的洋人了，也就是说，即使是知道了这两张号票有毛病，也应该是洋人那边知道才对。现在既然那洋人一个闺女许俩婆家，是他骗人在先，那么再弄这两张空头号票给他，也就算是一还一报儿，两边谁都对得起谁了。现在如果再直挺挺地去找祝小染，当面质问他，这两张号票怎么是空头的，岂不是等于不打自招，承认自己骗了人家？只要这祝小染反问一句，这号票不是已经给洋人了吗，怎么还在你手里？自己立刻就无言以对了。花厚子越想越窝火。

这时再想，又出了一身冷汗。幸好当初祝小染要借那三千大洋时，事先已把局做好了。当时让孤丁拿来的号票也是真的，而且阴错阳差，正好刚有三千大洋落到大丰银号的账上，还没来得及兑出来。所以让孤丁事先跟大丰银号的掌柜说好，甭管谁，如果拿着号票来兑现洋，一概不兑，只说还有一笔账没跟这户头算清楚，账面儿冻结。否则，如果不这干，真让这姓祝的捷足先登，把这三千大洋兑走，那可就真是偷鸡不成反蚀米，闹大笑话了。

花厚子回来时，花薄子还在家里等着，一见花厚子空着手回来，就知道有事，赶紧迎过来问，是不是又出了岔头儿？花厚子这才把事情告诉花薄子了。

　　花薄子毕竟也是经过事的，虽然意外，倒也没急。

　　他想想说，这事还是不太对。

　　花厚子这会儿脑子有点儿乱，问，怎么不对？

　　花薄子说，如果这姓祝的从一开始给咱的就是两张空头号票，他心里也就应该已经全明白了，既然全明白，他那天跟我去大胡同，一看这铺子不是个铺子，是旅馆，也就应该是醒攒儿的，可他当时还真着急，这个二白五不像是装的，后来还一直问我，钱给没给洋人。

　　花薄子说的醒攒儿，是心里明白的意思。

　　花厚子想了想，问，你的意思是？

　　花薄子说，我意思是，如果这么说，这姓祝的要真是装的，底儿可就太深了。

　　花厚子说，他不光是装的，现在应该明白了，他背后这人，肯定也是咱的对头。

　　花薄子又想想，点头说，看来大哥还是说对了，这姓祝的背后一直有人，现在回想起来，从一开始，这姓祝的就不急不慌，丝丝入扣，我还想，他这回怎么这么沉得住气。

　　花厚子愣着神，没言语。

第十九章

　　花厚子在道儿上行走这些年，养成个习惯，不信钱庄，也不信银号。钱庄银号再保险也不保险，世道一有风吹草动，最先觉出毛病的就是这种地方。所以有钱还是搁在手头，每天看两眼，心里才踏实。花厚子的宅子虽不算大，也不算小，是个两进的四合院儿。前面一进是几间倒座的南房，进了二门，有东西厢房，正房五间。但这五间正房从外看是五间，一明四暗，东屋两间，西屋两间，其实里面是六间，在西屋最里边还藏着一个暗室。这暗室就是专门用来放钱的。说是暗室，也就是一道夹壁墙。里面有几个架子，像铺子里的货眼儿。这货眼儿里就码着一摞一摞的现洋。花厚子不信钱庄银号，但别人信，在外面有钱上的往来，人家还得用号票，也就只能随着。但花厚子接了号票从不放在手，立刻就去兑成现洋。

　　这西屋的暗室，除了花厚子自己，只有花薄子知道。后来花厚子娶了这个巫素贞，起初也没让她知道。但后来这巫素贞不知怎么还是知道了。知道也就知道了，花厚子倒没在意。

这巫素贞自从进门，唯一的毛病就是让花厚子挑不出毛病。花厚子不爱用下人。不爱用，是不想让人知道自己太多的事。这些年，家里也就一直没雇人。有大事，让孤丁去办，一般的事还有底下念三儿这一伙人，平时家里也就没有再用人的事。这个叫巫素贞的女人一进门就看出贤惠，白天桌上伺候吃饭，晚上床上伺候针灸，夜里进了被窝再拿身子伺候，哪一样都让花厚子没话说。没话说，也就没了戒心。既然她已知道西屋的暗室，后来干脆把这暗室的钥匙交给她。钥匙一交，也就等于把这个家都交给她了。

自从祝小染的这件事失手以后，花厚子表面没显出什么，心里一直不痛快。本来就不爱出门，这以后更闷在家里了。这天上午，孤丁来送信儿，说是白鹤飞让念三儿捎话过来，问花厚子和花薄子晚上有没有空儿，要是有空儿，就一块儿在闲人居吃个饭。如果别人请，花厚子也就推了。但白鹤飞不一样。花厚子听了，心里动了一下。自从年前金大成的那场买卖完了以后，让这白鹤飞搬到新街东头的那处闲房，后来也就一直没顾上他。也曾问过念三儿几次，听念三儿说，起初他还隔三岔五地去扒个头儿，后来见他经常不在，不知在忙什么事，再后来一见总碰锁，也就不常去了。这时花厚子想，这个白鹤飞看得出来，也不是个等闲之人，他今晚忽然要请吃饭，想必是有事。

这一寻思，也就答应了。

这个晚上，花厚子来到闲人居。花薄子已经先来了一步，正和白鹤飞喝着茶闲聊。白鹤飞一见花厚子来了，赶紧起身迎过来。花厚子笑着说，白兄这一阵可少见，得几个月了，知道你这次回天津，肯定有不少事，也就没让人去打搅。白鹤飞笑着摆手，事多是多了一点儿，可都是瞎忙、打八岔的事，说起来也没吗正经的。

花厚子点头说，我就爱听白兄这么说话。

白鹤飞问，怎么？

花厚子笑说，这么说话，听着深不见底呀。

花薄子也在旁边说，是呀，我刚才还说呢，白兄当初离开天津，这一走就二十来年，这次突然回来，当然不会只为旧地重游，不是生意上的事，就是别的事，总归是有事。

说着话，几个人就在桌前坐下来。

白鹤飞看着伙计上完了菜，关上包厢的门，才又说，这一说，我倒真想起个事。

花厚子说，白兄你说。

白鹤飞说，北大街上有个广源银号，老兄知道吗？

花厚子一听广源银号，立刻看了花薄子一眼。花薄子这时也正看着花厚子。这次祝小染给的空头号票，就是广源银号的。花厚子为这事，心里还一直憋着广源银号的火儿。

白鹤飞从花厚子的脸色已看出来，问，看来，老兄知道？

花厚子说，知道是知道一点儿，白兄想问人，还是问事？

白鹤飞说，我当年离开天津时，这广源银号的掌柜姓冯，叫冯豁子。

花厚子一听点头，看来白兄真是此地人，这一问，就问到根儿上了。

白鹤飞看看他问，老兄这话怎么讲？

花厚子说，这个冯豁子，我还真知道。

花厚子虽然不爱跟银号钱庄打交道，但既然做的是这路生意，甭管街上哪一行的事，许你不碰，可不许你不知道，对这广源银号的底细也就知道一些。当年广源银号在老城里也是数得着的，表面的老板是梅小竹，但了解底细的人都知道，暗里还有日本人的股份。花厚子对银号不感兴趣，还不光是不喜欢往那儿放钱，也不爱跟这行的人打交道。开银号的人，吃的都是钱上的饭，一沾钱也就猴儿精，没一个省事的。所以这一行里看着钱挺厚，可不容易刮下来。"调门儿"里有句话，叫"平地抠饼，对面拿贼"，讲的是冲着你的面儿，瞪着你的眼，明打明地就能把生意做下来，这才叫本事。但这"平地抠饼"也不是随便抠的，平地得软，太硬了自然抠不动。对面拿的"贼"也不能攒儿太亮，攒儿太亮了也拿不住。所以这些年，花厚子轻易不去碰银号。白鹤飞说的这个冯豁子，花厚子当年就听说过。这冯豁子是个豁了嘴儿，街上也叫"老缝"。这人是个老油条，用行里的话说，是"瓷公鸡，铁仙鹤，玻璃耗子琉璃猫"，根毛儿不拔的主儿。不过听说，后来这人突然就离开广源银号了，离开还不是圆着脸儿走的，而是长着脸儿走的，好像怎么也没怎么着，突然就把他辞了。再后来才有传闻，说这冯豁子让人骗了，给银号损失了两千大洋。两千大洋对广源银号当然不叫个事，可这里边还有日本人的股份，在日本人那边就说不过去了。据广源银号的伙计透露，一天上午，梅小竹到广源银号来了一趟，怎么跟冯豁子说的，没人知道，但当天下午，冯豁子就打铺盖卷儿走了。天津这地界虽大，可城里也就这四条街，冯豁子是这么离开广源银号的，自然在这一行里就没法儿再混了，这以后也就不知去向了。

花厚子把冯豁子的事对白鹤飞说了，又问，白兄打听这冯豁子，有事？

白鹤飞说，也没吗事，就是随便问问。

这天晚上吃饭，花厚子心里烦闷，就喝了点儿酒。花厚子虽也有点儿酒量，但平时不常喝。人的酒量也是喝出来的，越喝酒量越大。但酒量再大的人，不常喝，也就越来越不能喝了。这天晚上，花厚子一喝酒，心里的烦闷倒出去了一些，跟白鹤飞聊得挺有兴致。从闲人居出来，花薄子一见大哥心情挺好，就又提议，一块儿去北大街的一壶春茶馆喝茶。在茶馆喝着茶又聊了一会儿。这样再出来往回走，就已是半夜。

也就在这天夜里，花厚子这里出事了。

花薄子见花厚子喝得有点儿大，就把他送回竹竿巷。来到花厚子的家门口，见院子的大门四敞大开。两人下了胶皮，直接进二门，见正房也黑着灯。花厚子的心里奇怪，如果巫素贞黑灯睡了，外面的大门不该开着。这么想着就来到正房。进来一看，才发现不对了，屋里好像被人翻过，箱子盖掀着，柜子门儿也敞着，稍微值钱的细软都没了。花厚子的头发一下子乍起来，赶紧来到西屋。果然，西屋暗室的门也开着，进来一看，架子上的大洋也都不见了，只剩了几个空架子。花厚子这时首先想到的是家里招了贼。接着愣怔了一下，又连忙来到东屋。哪里还有那个叫巫素贞的女人影子？床榻倒收拾得挺干净，连那女人的衣裳和平时手使的东西都没了。事情到了这一步，也就不用再说了。

花薄子跺脚骂道，这个婊子，从来的那天就觉着她哪儿不对，真看不出她有这么大本事，还别说那些大洋，光这点儿东西就得搬一气，她是怎么弄走的？

花厚子没说话。弄走这些东西当然很容易，街上雇辆车就全办了。这时，他只是突然有点儿不认识自己了，还不是不认识，是不相信。这种事，怎么会发生在自己身上。

这么想着，就在旁边的一个杌子上慢慢坐下了。

花薄子说，大哥，有句话，我早就该说。

花厚子说，既然早没说，现在就不用说了。

花薄子说，知道你不爱听，可我还得说。

花厚子看他一眼。

花薄子说，你不觉着，这事从一开始就有点儿蹊跷吗？

花厚子知道，花薄子指的是几个月前，自己在春鸣茶坊喝茶晕倒那件事。

花薄子说，是呀，我要说的就是这事，事到如今，甭管好话歹话，咱就都说了吧。

花厚子没说话，只是嗯了一声。

花薄子说，我虽然没有大哥见多识广，可街上有句话，没吃过猪肉也见过猪走，按说咱干的这行买卖，应该做别人的生意才对，可现在，反倒让人家做了咱的，这事怎么想都有点儿窝囊。花薄子说着，看出花厚子的脸色越来越难看，又哼了一声，我知道这些话大哥不爱听，可事情已到这一步，就不是爱听不爱听的事了，咱总得把这事从头到尾择落清了，就算让人家挖了坑，咱掉到坑里了，也得知道这坑是谁挖的。

花厚子听出花薄子这话里有话，抬头看看他，你接着说。

花薄子说，从这个姓祝的那次突然要借三千大洋，又说要把那堆画押在这儿，我就觉出不对劲儿了，虽然像大哥后来说的，他这事做得有点儿单摆浮搁，可如果细想，也没这么简单，他是想拿这几幅画试探咱，结果那天，我觉着，咱还是露底了。

花厚子看着花薄子。

花薄子接着说，可事后，我又往深里想了一步，这么损的招儿，这个二百五少爷当然没这脑子，就算背后有人给出主意，这人也应该不是一般的人。花薄子沉了一下，有个事，我没跟大哥说，后来我让念三儿带着人去盯了这姓祝的两天，发现他往北大街上一家叫大不同的命馆去了两回，再细一打听，这命馆是新开的，馆主叫玄机子，又让念三儿去问道儿上的老合，这一带"金门儿"里根本就没有玄机子这一号，这人没根没叶儿，突然就在街上冒出来了，后来再一注意，不光这姓祝的常去，连他的家人也总往那儿跑。

花薄子说，大哥，我的意思，你该明白了吧？

花厚子问，这事，你怎么早不告诉我？

花薄子哼了一声，我说，大哥当回事吗？

花厚子就不说话了。

这时，花厚子又想到另一件事。去年正月，让那个失目先生算的那一卦，到年底眼看着一步步都应验了，直到这个叫巫素贞的女人出现，也曾想过，看来说的桃花运竟也一步踩准了。但踩准了，倒也没看出有什么端倪。一直到转年开春，日子也还消停。本以为"水上桃花"这一劫就算过去了，却没想到，最后竟然在这儿等着。现在再想那失目先生说的话，也就全明白了。财随水来，财随水去，金大成的这一场买卖做得顺风顺水，财真的如同随水滚滚而来。现在好了，这一笔财，又随着这一场桃花运付诸东流，也真是随水而去了。

花厚子这才明白"水上桃花"的含义。

第二十章

　　花厚子不好赌，也从不进宝局。

　　但用花薄子的话说，如果花厚子好赌，凭他的脾气秉性，肯定是一把好手。赌也分两种：一种是拿钱赌，还一种是拿命赌。拿命赌的是不管不顾，真输红了眼有吗算吗，别说剁个手指头或在身上拉一条子肉，就连身家性命也敢往牌桌上押。拿钱赌的就是另一回事了，不管输到什么地步，脑子都不能乱。只要脑子不乱，也就总会给自己留着退身步。输归输，可再怎么输，也不会把自己逼到绝路上去。

　　花厚子这些年是在道儿上混的。在道儿上混，又跟在街上混不一样。街上混不好，可以换个地方或换一行另混。道儿上不行，一旦混不好，也许就没有从头来的机会了，甚至连命都得搭上。所以在道儿上混，也像赌，最重要的是脑子不能乱。花厚子不光脑子不乱，每做一件事也都给自己留着后路。这些年在生意上得来的钱财虽都放在家里，但在家里也不是放在一个地方，正所谓"狡兔三窟"。西屋的这个暗室，只是一部分，而就是这一部分，明面儿上也只是一小部分。在四壁的架子后面还有一个夹层，大部分钱都藏在这夹层里，而这个夹层就只有他自己知道了。此外真正的家底儿，是藏在新街东头那处闲房的院里。院里有一间耳房，看着不起眼，像个堆杂物的棚子。在这棚子的角落里有一口腌咸菜的大缸，两个壮汉挪着都费劲。搬开这咸菜缸，底下是一块青石板。这块青石板乍一看像镶在地上的，抠开这石板，才看出下面是一个很深的地窖。花厚子这些年攒下的家底儿全在这个地窖里。花厚子让白鹤飞搬到这儿来住，表面是给朋友帮忙，其实也另有目的，这处闲房平时没人，又有这么个地窖，花厚子的心里总不踏实。让白鹤飞住这儿，也为给自己看房子。

花厚子这一夜没睡安稳。晚饭喝了点儿酒，夜里醒了就睡不着了，索性从床上坐起来。这个叫巫素贞的女人这次给自己来了个卷包会，破点儿财，花厚子倒不心疼。既然在道儿上行走，钱就来得容易，来得容易去得马虎了也就无所谓，有来有去才是道儿上的生意，只进不出早晚得憋死，这世上没有真正的貔貅。但让花厚子咽不下去，横在嗓子眼儿的，是这口气。俗话说亏好吃，气难咽，没想到自己玩了这些年的鹰，这回还真让鹰把眼鹐了。而最让花厚子窝火的是，这么一个女人，自己睡了她几个月，怎么就一点儿没看出来？

到天大亮时，花厚子的心里就打定主意了。

早晨起来，刚洗漱完，孤丁来了。花厚子让孤丁去叫花薄子，说有事要商量。

孤丁说，二哥这就到。

正说着，花薄子就进来了。

花厚子一边穿着衣裳一边说，走，去北大街看看。

花薄子说，我来，也是为这事。

两人说着出了门。孤丁叫了两辆胶皮，就直奔北门里来。

大不同命馆是在北大街最繁华的地段。花厚子和花薄子坐着人力车过来，老远就看见街边的一个铺子门口，有几个人正忙着收拾门脸儿。

花薄子朝那边指指说，就是那个命馆。

说着，两人下了车，就朝这边走过来。这时，几个伙计正用绳子往下落那块大不同的牌匾。花厚子和花薄子来到门口，刚站定，就见金大成从里面走出来。金大成一见花厚子就哈哈大笑，两手往腰眼儿上一叉说，好哇好哇，玄机子算得还真准，说来真就来了。

花厚子一见金大成，愣了一下。

金大成说，怎么样，没想到吧？还有你想不到的呢！

说着朝身后一挥手。这时，门口的几个伙计已经用绳子把一块金丝楠木的牌匾吊到铺子的门楣上。花厚子抬头看看，这才发现，牌匾上的几个泥金大字竟是"大成神草药材行"。

金大成笑着说，这才叫六月债，还得快呀，这牌匾没动，还是老字号，认识吧？

花厚子没说话，看着金大成。

金大成又说，我当初怎么说的来着？横食难咽，早晚还得吐出来！

孤丁在旁边酸下脸说，你有话就痛快说，用不着弄这些绕脖子话。

金大成回头横了他一眼，厉声喝道，小王八蛋，这儿没你说话的地方！

花薄子歪嘴一笑说，没看出来，你还有吃回头草的本事。

金大成点头说，好吧，咱就撂下远的说近的吧，这大不同命馆的玄机子临走给你们哥儿俩撂下句话，他说，知道你们今天一早儿得来，可他事多，就不等了，后会有期。说着又哦了一声，不过，他还留下一样东西，说虽不值钱，好歹也算个念想儿。

说着，金大成就从身边伙计的手上拿过一个布包。花薄子接过来，打开一看，里边是几根扎针灸用的银针。花薄子回头看看花厚子。花厚子只朝这布包瞥了一眼，仍没说话。

花薄子噗地乐了，点头说，好哇好哇。

金大成看着花薄子。

花薄子说，只当我大哥在西花街的"库果窑儿"包了个"库果儿"回来，舒舒坦坦了些日子，只不过花的价码儿大了点儿。

花薄子这样说着时，花厚子已经转身走了。

花薄子把这布包扔到金大成面前的地上，也跟着走了。

第二十一章

白鹤飞不是个急性子。不是急性子的人也不一样。有的是性子不急，但做事急。做事急也不是急于求成，而是脑子不好使，事先想好的事怕忘了，或担心时间一长乱了，总想着赶紧把事办了心里才踏实。还有一种是性子不急，做事也不急。做事不急也分两种：一种是性子本来就慢，做事也就更慢。一种则是故意把做事的速度放慢了，一件事，事先都已谋划好，每一步也想得很周密，脑子又清晰，接下来只要一步一步做就是了，也就没必要太急。太急了，反倒容易出岔子。白鹤飞就属于这一种人。

这段时间，白鹤飞已看出姚四姐的心思。

姚四姐起初把梅家姐妹引见给白鹤飞，只是大面儿上的事。姚四姐当年就是吃开口儿饭的，现在又在西花街的花戏楼拴着艳春班，整天自然也就都是送往迎来的事。且不说拉皮条，至少穿针引线之类的事是常有的。可白鹤飞真跟这梅家姐妹走近了，姚四姐又有往后捎的意思了。白鹤飞已看出来，这梅家姐妹不喜欢在街上抛头露面，也就经常来这花戏楼后面的小院儿。姚四姐起初倒也没说什么。开这花戏楼为的就是做生意，来后面的小院儿吃饭当然也是生意。有生意，也就有钱赚，谁跟赚钱也没仇。可一来二去渐渐就不是这么回事了。白鹤飞三天两头儿带这梅家姐妹来后面小院儿吃饭，虽说是吃午饭，可每顿饭都是一直吃到傍黑。姚四姐先是开始找托词，说这小院儿让谁订了，后来干脆就对白鹤飞说，东门外漕运公司的杨老板已经把这小院儿包下来，包期是一年。白鹤飞明白姚四姐的意思，是不想让自己再带着梅家姐妹来这里吃饭。后来想想这事，还是干脆挑明了的好，省得再来一回说一回，也费劲。一天索性就拉下脸说，四姐心里怎么想，跟我照直说就行了，是担心我花不起这钱，还是腻味我这个人，看着别扭才不想做我的生意？接着又说，我黄某人不敢说见多识广，这些年也到过不少地方，生意场上的事多少还懂一点儿，既然做生意，也就只为两个字，赚钱。说着看看姚四姐，有句话，四姐应该是知道的，既要卖，脸儿朝外，说的也就是这个意思，四姐总不会看人下菜碟儿，顺眼的生意才做，不顺眼的就不做吧？

白鹤飞这一说，姚四姐的脸上果然挂不住了。

白鹤飞是在一天下午跟姚四姐说这番话的。这天下午，梅家姐妹说家里有事，吃了午饭就早早回去了。白鹤飞正一个人坐在后面的小院儿喝茶，姚四姐来了。白鹤飞知道姚四姐来的意思。这两天算着，压在柜上的大洋应该用得差不多了，这时一见姚四姐进来就说，柜上的事四姐不用担心，我心里有数，一会儿再去压张银票就是了。姚四姐摆摆手，在桌前坐下来，皮松肉紧地笑笑说，黄少爷误会我的意思了，我姚四姐这些年不能说阅人无数，红脸儿的关公白脸儿的狐狸也都见过，你黄少爷是个吗人，我心里有数，还能信不过吗。

白鹤飞一听也笑了，四姐既然信我，可这些日子，怎么总觉着不想做我的生意呢。

姚四姐说，话倒不是这么说，可该说的，我也得说出来。

白鹤飞嗯了一声说，四姐你说。

姚四姐，按说干我这行的，是长着嘴，又不能带着嘴。

白鹤飞一听乐了，四姐这话，听着有点儿绕脖子。

姚四姐说，一点儿不绕，要说长着嘴，是因为这一行吃的是开口儿饭，南来北往三教九流，哪一路都得应酬，真到裉节儿上少说一句也不行。要说不能带着嘴，是不能让嘴给自个儿惹是非，我赚的是钱，图的是利，跟赚钱图利没关系的闲事，一概不感兴趣。

白鹤飞点头说，四姐这话有理，也实在。

姚四姐又说，可你黄少爷，就是另外一说了。

白鹤飞问，怎么讲？

姚四姐说，今天既然话说到这儿了，我只能接着往下说，当初我给你引见这梅家的两个小姐，以为黄少爷就是玩玩，吃两顿饭也就散了，可现在看，好像不是这么回事。

姚四姐说到这儿，似乎犹豫了一下。

白鹤飞说，四姐有话，只管说。

姚四姐问，这梅家的事，不知黄少爷知道多少。

白鹤飞笑笑说，来之前，我还真没听说过。

姚四姐又想了一下才说，这么说吧，头些年听说梅小竹死了，可后来街上又传说，他没死，有人在关外的"满洲国"看见他了，还穿着日本人的军服，再后来又听说去了日本，起初街上的人都不信，可后来再看，这梅小竹没了，梅家日子也没败，该怎么过还照样怎么过。

白鹤飞说，这就不对了，按说坐吃山空，总能看出来。

姚四姐说，说的就是这意思，也有人说，是这梅小竹经常从外面给捎钱回来。

白鹤飞哦了一声说，要这么说，这个梅小竹果然没死？

姚四姐说，当然，他到底死没死，我一个拴班唱戏的，跟我也没吗关系。现在要说的是这梅家的两个小姐，按说都是大家闺秀，可其实，也不消停。

白鹤飞问，怎么不消停？

姚四姐又犹豫了一下，怎么说呢，这么说吧，她俩也做生意。

白鹤飞似乎并不意外，只是哦了一声问，做的哪路生意？

姚四姐又一笑说，我只是这么一说，您黄少爷也就这么一听，咱是哪儿说哪儿了了，她们做的哪路生意，您以后慢慢就知道了，可知道是知道，这话不能从我嘴里说出来。跟着又钉了一句，咱可先说下，日后您要是跟人说，这些话是从我这儿听说的，我可不承认。

白鹤飞噗地笑了，说，真看不出来，四姐说话这么哏儿。

姚四姐眯起两眼看看白鹤飞，不是我说话哏儿，是这后面的事，您黄少爷自己可别弄得哏儿了，真弄哏儿了，那可就没意思了，不光没意思，也就真不哏儿了。

白鹤飞听出姚四姐这话里有骨头，摇头说，看来这人，真是不可貌相啊，四姐要看着，应该是个心里不藏话的爽快人，可这会儿说话怎么也吞吞吐吐了。

姚四姐说，我吞吞吐吐，可也没藏着掖着，您黄少爷这么精明透亮的一个人，拔根眼眵毛儿都能当哨儿吹，俗话说，灯是一点就明，一拨就亮，还用得着我都说透了吗？

白鹤飞说，好吧，点灯拨捻儿，也得要个工夫，我寻思寻思吧。

姚四姐就站起来，我只问您一句话，梅家这姐儿俩，刚才说吗了？

白鹤飞眨眨眼说，没说吗呀。

姚四姐说，黄少爷，您不实诚。说完就扭身出去了。

白鹤飞当然明白姚四姐的意思。梅家姐妹刚才确实说了一件事。这个中午，白鹤飞已经看出这梅家姐妹有心事，吃着饭总像心不在焉。吃了一会儿，白鹤飞起身去方便，回来时，见这姐妹俩正凑在一块儿嘀嘀咕咕，就过来笑着说，有事呀，说出来我也听听。起初梅桃只说没事。再问，梅杏才说，北大街的天宝斋这两天摆出一对儿镯子，说是叫"龙凤日月环"，不光样子漂亮，成色也好，城里就没见过这么好的东西，街上的女人都去看新鲜。她姐儿俩也去看了，都从心里喜欢，如果买了，正好一人一个戴上。可回家跟娘一说，娘不答应，嫌贵，不给买。梅杏这么说着，梅桃一直在旁边拽她的衣襟，意思是埋怨她不该在黄少爷面前说这事。梅杏说，是呀，按说这事不该跟黄少爷说，只是问了，话说到这儿，才说出来。白鹤飞笑笑说，这么新鲜的东西，哪天我也去开开眼。梅杏说，那天宝斋的掌柜也许是怕露白，只摆了两天就收起来了，再有看的，须是有意买，才肯拿出来。

白鹤飞又想了一下问，他开价多少？

梅桃立刻在旁边说，算了吧黄少爷，别听她的。

白鹤飞说，我只是问问。

梅杏说，价钱就看怎么说了，眼下他柜上开出的价钱，是二百大洋，不过我们姐儿俩要是买，他天宝斋掌柜的嘴就不敢张太大了，估摸着有一百五也就拿下来了。

白鹤飞一听就笑了，说，堂堂梅家小姐，一百五十块大洋就愁成这样。

梅杏登时把两眼立起来说，黄少爷，您这话是吗意思？

白鹤飞连忙说，二小姐别误会，我没别的意思。

梅桃在旁边说，黄少爷别跟她一般见识，她就这脾气。

接下来也就没再提这事。虽没再提，这顿饭也已吃得没了滋味儿。大家又讪讪地坐了一会儿，喝着茶说了几句闲话。梅桃说，家里还有事。姐妹俩就起身回去了。

这个下午，白鹤飞从小院出来，没走前面的花戏楼，直接从后门儿走了。

第二十二章

大丰银号的何掌柜一直有块心病。心病不是银号的事，是自己这肺痨的事。

何掌柜的这个肺痨带带拉拉已有二十年了。这些年，城里城外有名有姓的大夫都看过了，可哪个大夫看了都摇头，有说能活一年半载的，也有说能活仨月俩月的，还有的干脆说，想吃吗就吃点吗吧，意思是没几天熬头儿了。何掌柜起初听了这些话，吓得浑身发麻，两条腿都迈不开步了。可天津的街上有句话，叫"破罐儿熬好罐儿"，这些年病病歪歪地下来，把当初给看病的大夫都一个个儿熬死了，何掌柜虽还整天咳嗽痰喘，还是活下来了。

这天上午，鸿宾楼的伙计来送帖子，说是有人要请何掌柜吃午饭。何掌柜听了心里纳闷儿。何掌柜是做银号生意的，这行一般不太跟人走动。倒不是不好交，也不是走动不起，是真走动了，说不定后面就有抖搂不清的麻烦。这一行是有人求的买卖，既然开银号，手里就有钱，倘仨亲俩厚的亲戚朋友提出要在钱上帮忙，你帮还是不帮？帮，是麻烦，不帮也是麻烦。当然帮也不是白帮，天底下借钱都一个规矩，到了日子不光还本，还得付息。可还得起利息的还行，如果连本金都不一定能还上的，这钱就不敢轻易往外拿了。不拿，就得得罪人。一得罪人，说不定就又会牵出一串意想不到的麻烦。所以开银号的嘴上不说，却有一个心照不宣的行规，都是房顶子上开门，不能说六亲不认，至少平时能不走动就尽量不走动，宁愿没朋友。这鸿宾楼的伙计说，请吃饭的是一个叫白燕来的人，看着是个阔主儿，穿戴像外地人，说话却是本地口音。何掌柜想了想，怎么也想不起在哪儿认识这么个人。但既然是阔主儿，想必不会是钱上的事，又已打发人来送帖子，也就只好应下来。

何掌柜来到鸿宾楼时，白鹤飞已经等在楼上的包厢。何掌柜进来看看这人，面生，还是想不起在哪儿见过。白鹤飞看出何掌柜的心思，先请他坐了，然后才笑笑说，今天请何掌柜吃饭没别的意思，一是想报恩，二是既然报恩，也就有一点儿表示。白鹤飞这一说，何掌柜更糊涂了，掏出手绢捂着嘴咳了咳才说，白先生说要报恩，不知这话是从哪儿说起呀。

白鹤飞这才说，说起来已是二十年前的事了，当时急着要离开天津，一天晚上去大丰银号兑现洋，当时已经要上板儿，况且要兑的数目挺大，但何掌柜还是让伙计想办法给兑了。白鹤飞说，那一次是济南那边有急事，已经买了船票，倘现洋兑不出来，船就耽误了。

何掌柜听了想想，还是想不起哪年有这么一档子事。

白鹤飞说，今天说报恩，也就是想表示一下。

说着，就从身边拿过一个油纸包，放在桌上。打开这个油纸包，里面是一个茄子大小的干泥团儿。这干泥团儿显然是用火烧过的，有些发红。何掌柜看看这个干泥团儿，又抬起头看看白鹤飞。白鹤飞让伙计拿来一个小槌儿，轻轻地把这泥团儿敲开，里面露出一块像木板一样的东西。何掌柜又仔细看了看，才看出竟是一只已经烧干的甲鱼。天津人把这种甲鱼也叫王八。白鹤飞说，这是我在云南做生意时，跟山里一个道士学的秘方，据这个道士说，当年吴三桂在云南称王时，他的先人曾用这个方子给吴三桂治过病。

何掌柜听了，又伸头看了看这只干甲鱼。

白鹤飞说，这方子是这样说的，取一只一斤重的甲鱼，用河底的青泥糊上，烧干，焙成粉，再加白糖二两，红糖二两，每天一小勺，用温黄酒送下，专治肺痨。

何掌柜一听瞪起眼问，真管用？

白鹤飞点头，一只就管用。

何掌柜一听，兴奋得脸都涨红了，起身连连道谢。白鹤飞摆手笑道，这点儿小事，何掌柜不值得谢。俗话说，滴水之恩当涌泉相报，何况您当年给我帮了这么大忙。

何掌柜到底是做银号生意的，让伙计把这只干甲鱼包了，又看看白鹤飞，才小心试探着问，听白先生的意思，这次是刚回天津，不知回来有吗贵干，打算久待还是办完了事还走？

白鹤飞说，也没吗大事，只是回来看看，也许有可做的生意。

何掌柜一听，这才放下心来，接着就摇头说，要说天津这界儿，自古是水旱码头，南来北往的生意买卖都得在这儿站一下，本来是个生财的地方，可这几年，自从日本人的军队一来就不行了，不光世道乱，打仗也打得人心惶惶，别说做买卖，连物价也没谱儿了。

白鹤飞说，这倒是，我这次回来，看见海河上都是日本人的小火轮儿。

何掌柜叹口气，是呀，眼下天津的买卖家儿，都只是勉强支应。

白鹤飞忽然说，北大街上有个广源银号，何掌柜听说过吗？

何掌柜一听就笑了，说，白先生要问别的事，我兴许有不知道的，可要说天津卫的大小银号，都在我心里装着呢。这广源银号这些年已经换了几任掌柜的，都是我的朋友，现在的掌柜姓周，是香河人，老婆就是咱此地的，他当初是入赘，才在天津落下了，就在头几天，还一块儿喝茶呢。说着又看看白鹤飞，白先生问这广源银号，是有生意上的事，还是？

白鹤飞说，是我的一个朋友，这回回来，托我打听一下这个银号的底细。

何掌柜说，这您可问对人了，要说这广源银号的底细，我还真是挺清楚。

这时伙计已经把菜端上来。何掌柜看看桌上的一坛南路烧酒，拱拱手说，白先生见谅，我这身子骨儿，又正吃着药，不敢喝酒，只是初次见面，有点儿失礼了。

白鹤飞笑笑说，随意。

何掌柜这时已明白了，这个白燕来今天请这顿饭，报恩不过是个由头儿，这只烧干的王八也只是个引子，真正的目的，应该是打听广源银号。不过这倒没关系，只要不是为钱就行。何掌柜不光清楚这广源银号的底细，也清楚梅小竹。这梅小竹是个神通广大的人物，表面看着不起眼，平时也轻易不在外面抛头露面，其实买卖生意往南遍布江浙湖广，往北一直到关外的"满洲国"，交往的人没边儿，不光跟三教九流都有千丝万缕的联系，跟日本人也有说不清的关系。当年在北大街上开这个广源银号，表面是做银号生意，其实也是为各种事洗钱方便。后来这银号不知怎么又有了日本人的股份。日本人一入股，这买卖更说不明白了。当时广源银号的掌柜是冯豁子。冯豁子一开始还没留意，后来发现，银号出去的钱，很多跟日本人有关，有的钱去向还莫名其妙。冯豁子毕竟已在这行干了半辈子，觉出日本人的股份一进来，这银号的买卖有点儿变味儿，就跟梅小竹说了几次。但每次一说，梅小竹的脸就耷拉下来，后来干脆跟他说，他只是个掌柜的，让干吗就干吗，不该管的事别管，不该操心的别跟着操心。再后来这冯豁子又有两档子事，先是替梅家在河北的七间房子买坟地，已经买成了，对方又翻车了，接着又让道儿上的人敲了两千大洋。这以后，梅小竹就把冯豁子辞了。不知情的人以为，梅小竹辞冯豁子是为这两件事，其实只有何掌柜清楚，真正的原因，还是为日本人的事。冯豁子走以后，这广源银号又换了两任掌柜的，先是一个姓陈的。但这陈掌柜没多久就病死了。接着又换了一个姓楚的。这楚掌柜倒是个精明人，也挺能干，可就有一个毛病，好赌。做银号生意整天守着钱，赌是大忌。后来梅小竹一听说这事，就又把这楚掌柜也打发了。再后来才换了现在的这个周掌柜。不过，何掌柜说着又摇了摇头，自从换了这周掌柜，这个广源银号看着还是原来的广源银号，其实瓢子已经变了。

白鹤飞问，这话怎么讲？

何掌柜说，这个梅小竹到底是怎么回事，至今是个谜。有人说已经死了，也有人说没死，多少年前就在关外的"满洲国"投靠了日本人，还有人干脆说，已经去了日本，可甭管他是死是活，这广源银号表面虽还是梅家的，其实却已落到一个叫金大成的手里。

白鹤飞一听金大成，哦了一声。

何掌柜看看白鹤飞，白先生认识这金大成？

白鹤飞说，倒说不上认识，只是听说过。

何掌柜这才接着说，这个金大成当年也是在街上混的，一直想扒上梅小竹，可据说，梅小竹一开始看不上他，觉着不过是个街上的混混儿，没吗用处，可后来这金大成一点儿一点儿混出了颜色，又给梅家办成了几件事，都办得挺漂亮，梅小竹再有城里这边的事，也就经常交给他办，再后来梅小竹不知去向，这广源银号就由金大成替梅家管着。

白鹤飞想想说，这个周掌柜，如果有机会，我倒想见见。

何掌柜说，这容易，不过这一阵子，他怕是没心思见人。

白鹤飞问，怎么？

何掌柜噗地笑了，这一笑又呛了肺管子，歪在桌上使劲咳了一阵才说，这周掌柜的老婆是个美人坏子，长得不光俊，还白，在北大街那一带也是出了名的。可这也就应了乡下的那句俗话，庄户人有三宗宝，丑妻近地破棉袄，男人要是婆了个漂亮老婆，就得累死，整天放在家里不光不踏实，也嘀咕，唯恐让人给戴了绿帽子。前些天，这周掌柜去塘沽办事，说好去三天，可没想到事顺，两天就回来了。晚上一进家，见金大成正跟他老婆在床上。这周掌柜是个软性子，平时挺窝囊，可男人再怎么窝囊也受不了这个。当时周掌柜没说话，等金大成穿上衣裳一走，就把他老婆打了。这一下可捅了马蜂窝。周掌柜这老婆不光模样儿长得俊，还凶，平常在家就是个母老虎，都是周掌柜受她的气，现在虽说是自己偷了男人，理亏，可挨了打也咽不下这口气，回去就把娘家的几个兄弟都叫来了。周掌柜是外乡人，在天津这边无亲无靠，又是人家的上门女婿，一看老婆的娘家来了这么多人，一下就尿了。

何掌柜笑着说，这一阵，正今天五福楼明天鸿宾楼地请几个大舅子小舅子吃饭赔礼，可给人家赔着礼，自个儿心里又委屈，也就逢酒必醉。

何掌柜说着一笑，又咳嗽起来。

白鹤飞也笑了。

何掌柜齁喽着说，他这阵子，天天是上午明白下午糊涂，醉得连自己都快不认识了。

白鹤飞说，要能见，还是见见他。

第二十三章

白鹤飞一连几天没来花戏楼。

又过了几天，连着来了两次。这两次没去后面的小院儿，都是坐在前边的戏楼听戏。第三次来时，刚在茶桌跟前坐下，姚四姐就过来了。姚四姐一屁股坐在白鹤飞旁边，两眼一闪一闪地问，黄少爷，这几天怎么没过来呀，是不是我哪儿得罪您了？

白鹤飞笑笑说，来是来了，四姐没看见。

姚四姐招招手，一个伙计托着个小盘儿过来。姚四姐从这小盘儿里拿出个单子放到白鹤飞面前的桌上。白鹤飞看了看，是一个菜单子，写着四凉六热十个菜，外加一条花戏楼特有的"清水炸鱼"。白鹤飞不明白这菜单子是怎么回事，抬起头看看姚四姐。

姚四姐笑笑说，这是明天的菜单子。

白鹤飞还是不明白。

姚四姐说，黄少爷过过目，要行，就这么定了。

白鹤飞看看这菜单子，又看了看姚四姐。

姚四姐这才说，明儿个中午，有人请您在后面的小院儿吃饭。

白鹤飞问，谁？

姚四姐噗地笑了，说，还能有谁？

白鹤飞这才明白了。

姚四姐说，人家事先定下这菜单子，让我拿给黄少爷过目，看哪样要是不对黄少爷的口味儿，或不中意，好改。我说了，只要是你们姐儿俩定的，黄少爷肯定都对口味儿。

白鹤飞点头，四姐说的是，既然这样，明天中午你也过来，一块儿吧。

姚四姐一听立刻摆手，别别，人家又没叫我，我自个儿觍着脸过去，怪没劲的。

白鹤飞笑着摇头，四姐这张嘴，太厉害了。

白鹤飞从花戏楼出来，看看天色还早，就叫了一辆胶皮，奔北大关这边来。过了金华桥，沿着北河沿儿往西一拐，又走了一会儿，远远地就看见七间房子了。白鹤飞当年从七间房子出来时，只有十几岁，这些年回来过有数的几次，都是清明祭扫。村里已没吗实在亲戚了，渐渐地再回来，也就没几个人认识了。家里的老宅只剩了几间破房，也没什么看头儿了。

来到村子跟前，白鹤飞让胶皮站住了。这时已是傍晚，快要西沉的太阳把最后的一点儿余晖洒在南运河的水面上，泛起一片波光粼粼的金黄。白鹤飞下了车，站在大堤上，朝下面不远的地方看着。白家的老宅已经成了一片平地，堆起一个一个的坟包。坟包跟前有石头围栏和供桌，还竖起一块一块的石碑。这白家老宅，到底还是成了梅家的坟地。

白鹤飞在大堤上抽了一支烟，就上胶皮回来了。

来到北门里已是掌灯时分。白鹤飞下了车，沿着北大街一路溜溜达达地朝鼓楼这边走过来。在白鹤飞的印象里，过去这北大街比现在热闹，虽然铺子少，但人多。现在铺子比过去多了，可还是显得有些冷清。往南走了一段，就来到天宝斋的门口。抬头看看门楣上的牌匾，就迈腿进来。站柜伙计立刻迎过来，忙着在柜台跟前让坐，问，您想用点儿吗？

白鹤飞朝柜里看了一眼问，听说有一对"龙凤日月环"？

伙计忙说，有。一边说着，一边从里面拿出两个锦盒。这两个锦盒都方方正正，看着有一巴掌大。掀开盒盖，里面是一只金光闪闪的镯子。

白鹤飞举起锦盒在灯底下看了看，这镯子单薄轻巧，虽然看着是金的，但成色一般，最多值三十块大洋，心里也就有数了。随口问，要多少？

伙计说，看您怎么要了。

白鹤飞说，怎么要，怎么讲。

伙计说，单要，二十五块大洋，要是一对儿都要了，四十五块大洋。

白鹤飞点头嗯了一声，把锦盒放到柜上说，都包上吧。

第二天中午，白鹤飞晚来了一会儿。一进花戏楼，迎面碰见姚四姐。姚四姐又是一脸皮松肉紧的笑，朝身后指了指，又挤挤眼。白鹤飞做了手势，意思是一块儿过去。姚四姐摆了下手，凑近说，我姚四姐不讨人嫌，给人家当电灯泡儿，太没劲了。说完就扭身忙去了。

白鹤飞来到后面的小院儿。梅家姐妹已经等在这里，正坐在桌前嗑瓜子儿。梅杏一见白鹤飞来了，把手里的瓜子儿往桌一扔说，哎呀，到底是贵人的脚步金贵呀。

白鹤飞看看她问，怎么？

梅杏说，这才叫姗姗来迟呢。

梅桃推了她一下说，又瞎说。

白鹤飞一听笑了，在桌前坐下来，点点头，这么说话我倒爱听，伶牙俐齿总比甜言蜜语强。梅桃一听不高兴了，噘起嘴说，听黄少爷的意思，这甜言蜜语的人就是我呗？

白鹤飞赶紧摆手，误会了误会了，大小姐真误会了，咱都是实在人。

梅杏说，是呀，都实在，才玩到一块儿，真弄个一肚子鬼心眼儿的，躲还躲不及呢。

这时，前面的伙计已经把菜端过来。

白鹤飞说，今天让二位小姐破费了。

梅杏说，这些日子，一直是黄少爷做东，我们姐妹可不是吃人的主儿，没大有小，没多有少，总得回请一次呀。梅桃又看她一眼说，你这嘴呀，请人家吃饭，都没好话，我要是黄少爷，听了你这话拿脚就走，不缺你这顿饭，也不赏你这脸。白鹤飞笑着说，我可不走，这么好的酒菜，又是这么实诚的人，我哪舍得走哇。

说着，就掏出一张号票放在桌上。

梅家姐妹看看这号票，又对视了一下。

白鹤飞说，明天是我生日，今天算催生，我每年到这天，都得做一件让自己高兴的事。

梅家姐妹看看白鹤飞，又互相看了一眼。

白鹤飞又说，这是二百大洋，去把那对"龙凤日月环"买了吧，现在就去。

梅桃立刻涨红脸说，这，这可不行，这么贵重的东西，我们哪敢要，再说既然大家是朋友，又是黄少爷的生日，就算真买东西，也该我们姐妹买了送您才是正理呀。

白鹤飞说，既然是朋友，干吗还有这么多讲究，谁买不是买。

梅杏一把抓过桌上的号票说，黄少爷说得对，哪有那么多讲究，谢就是啦！说完就起身跑出去了。

梅桃看着出去的梅杏，听脚步远了，才无奈地摇摇头说，我这个妹妹呀，从小儿就这脾气，没怕的人，也没怕的事，过去也就我爹能管住她，可现在……

梅桃说到这儿，忽然停住嘴。

白鹤飞看了她一眼，倒上酒说，咱一边吃着一边等她吧，菜都凉了。

梅桃这才端起酒盅，给白鹤飞敬酒。

白鹤飞把酒喝了，一下又笑了。

梅桃看看他，放下酒盅问，黄少爷笑吗？

白鹤飞说，这二小姐一走，屋里就像没人了。

梅桃脸一红说，怎么说没人呢，我不是人吗？

白鹤飞觉出自己这话说得不太合适，连忙倒酒赔礼说，是呀是呀，这话说的，该罚。

西花街离鼓楼不算太远，可也不近，雇胶皮来回一趟，少说也得一个时辰。果然，过了好一会儿，梅杏才回来。一进门就悻悻地说，咱还是没有戴这东西的命啊。

梅桃忙问，怎么？

梅杏说，好东西谁不想要哇，早让别人先一步买走了。

梅桃听了哦了一声，又看了白鹤飞一眼。

白鹤飞笑笑说，那就再等等吧，有了中意的东西再买，反正这号票放在手上，只要别让耗子嗑了，不潮不烂，一时半会儿也坏不了。说着就斟上酒，又说，朋友也是论缘分的，说起来奇不奇，今天是我催生，你们就想起请我吃饭，这不是缘分又怎么说呢？

梅杏眨着眼看看白鹤飞，黄少爷，这号票，我们就实受啦？

白鹤飞噗地一笑说，这话问的，快喝酒吧，我这儿还催生呢。

大家就开始喝酒。梅杏的身上揣着号票，更爱说话了。梅桃的话少，只是不停地向白鹤飞敬酒。白鹤飞一高兴，也就放开了酒量，对梅家姐妹说，每年到了催生这天，我酒量就出奇地大，像是没底儿。梅杏笑着说，早就看出黄少爷有酒量，今天倒要看看，您这个没底儿的底儿，到底在哪儿。这样连着喝了几杯，白鹤飞就把酒盅放下了，笑着说，酒别这么喝，太急了人受不了。梅桃和梅杏兴奋，确实喝得有点儿急，虽然看得出来都有酒量，脸也红了。白鹤飞又看看她二人，今天既然是我催生，就再送你们一件东西。

说着，就拿出两个锦盒，放在这梅家姐妹的面前。

梅桃和梅杏各拿起一个，打开看了看，一下都愣住了，又抬头看看白鹤飞。

白鹤飞笑笑说，这一对，也叫"龙凤日月环"。

梅杏的脸这回真红了，吭哧了一下说，这，不是我说的那对。

白鹤飞点头说，当然不是。

他这一说，又把这姐妹俩说愣了。

白鹤飞说，我本来想买你们说的那对儿，可天宝斋的伙计说，那对儿已经让人买了，只剩了这一对，想着既然你们喜欢，不得已求其次，先把这对儿买了。

梅杏的嘴动了动，却没说出话来。

白鹤飞又笑着指了指说，都戴上吧，看好不好看。

梅家姐妹就把这对"龙凤日月环"一人一个戴在手腕上了。白皙的手腕戴上这亮闪闪的镯子，两个手腕儿并到一块儿，看着真是相映成趣。

白鹤飞频频点头，笑着说，好，好好。

第二十四章

　　白鹤飞请广源银号的周掌柜吃饭，故意选在西门里的羊肉馆。选这羊肉馆有几个好处，一是这些银号掌柜的都是吃过见过的主儿，像样的菜馆饭庄说来说去也就那几样菜，再怎么做也都一个味儿，反倒是这种不起眼的小狗食馆，不光菜实惠，也更有滋味儿；二是大的菜馆饭庄人多，眼也杂，人一多，眼再杂，就指不定碰上谁。白鹤飞虽然离开天津这些年了，也保不齐还能遇上熟人，你看不见别人，别人却看得见你，后面说不定就会有什么麻烦。此外还有一点，那种大的菜馆饭庄忒乱，也不是说话的地方。

　　白鹤飞想来想去，才决定来这个羊肉馆。

　　周掌柜一听大丰银号的何掌柜说，有个姓白的人要请吃饭，起初不太想来。一是没这心思，家里的事还乱着，正糟心；二来也不想跟生人吃饭，怕再沾上什么麻烦。何掌柜说，这个姓白的虽是从外地来的，可也是天津人，出外做生意有些年了，这才刚回来。又说，这人看着不是个缺钱的主儿，听意思，好像是想打听广源银号的事。周掌柜一听要打听广源银号的事，就更不想来了。周掌柜虽说来这广源银号刚几年，也已经听说了，这个银号当年出过不少事，况且这银号现在虽还是梅家的，可实际已在金大成的手里，而且这里还掺和着不少日本人的事，本来心里就没底，这时再听何掌柜这样一说，心里就更吃不准，这个姓白的突然要请吃饭，究竟想打听银号的什么事。何掌柜也看出周掌柜的心思，就笑着说，干咱这行的，虽说都不爱跟人走动，平常也是多一事不如少一事，可还有一句话，叫"老西儿开醋棚，与人方便自己方便"。周掌柜听出何掌柜这话里有话，眨着眼看看他。何掌柜又咳了一下，才说，这姓白的虽是个做生意的，可看得出来，底儿挺深。何掌柜说到这儿，又眯缝着眼补了一句，要我看，他不像做生意的，也不像街上的，倒像是道儿上的。

何掌柜说到这儿，就不再往下说了。

周掌柜毕竟也在天津混了这几年，何掌柜这话虽只说了一半，也已听懂了。

西门里的这个羊肉馆虽然不大，但还不是"狗食馆"，看着挺干净，里面也有个单间儿。老板姓胡，是定州人，长着一脸的连鬓胡子。胡老板跟周掌柜认识，一见他来了就往里让，说客人已经到了，正等在里面。周掌柜来到里面的单间，挑帘儿进来，见桌前坐着个跟自己年龄相仿的人。又仔细看看，心里立刻咯噔一下。这人虽然面皮白皙，却长着两道短眉。这短眉不光短，还密，又黑又密的两道短眉在一张白皙的脸上也就越发显眼。周掌柜曾听人说过，这种短眉在面相上叫"鬼眉"，长这种鬼眉的人一般都心狠手辣，且深不见底。

心里这么寻思着，就又朝这人看了一眼。

这时白鹤飞已经起身迎过来，笑着说，请周掌柜吃饭，有点儿冒昧了。

周掌柜连忙拱拱手，说不上啥冒昧，听何掌柜说了，见了面就是朋友。

两人刚坐下，一钵羊汤就端上来，又上了一碟"羊三件儿"、一碟"羊卡巴儿"和一大盘"羊蝎子"。白鹤飞说，周掌柜虽是香河人，可来天津这些年，又做的是银号生意，想必这城里的饭庄菜馆都吃遍了，想来想去，也就这羊馆应该是个蹊跷地方，估摸着来这儿吃饭也许能对您心思。说着，已看出周掌柜有些心不在焉，就又朝外面招了招手，让伙计把一壶烫好的烧酒拿上来。一边筛着，一边说，羊身上的东西配这高粱老烧，也正对路。这时周掌柜已听出来，大丰银号的何掌柜应该已跟这人说了自己的一些事，也就不想再绕弯子。看着白鹤飞把自己面前的酒盅斟满了，说，白先生想问吗事，只管说吧。

白鹤飞放下酒壶，看出来了，周掌柜也是个爽快人。

周掌柜说，我这人，不爱藏着掖着。

白鹤飞说，也没吗大事，这个广源银号，怎么又成了金大成的？

白鹤飞这样问也是故意的，不光故意，也用了心思。这个广源银号原本是梅小竹的，后来梅小竹不露面儿了，又到了金大成的手里，可到了他手里也只是替梅家管着，这银号该是梅家的还是梅家的，这些白鹤飞都已经知道了。

现在这样问，只是想再往外勾周掌柜的话。如果按这样的说法儿，这广源银号成了金大成的，就跟金大成替梅家管着不是一回事了，说明金大成在这银号的事上做了猫腻，已是街上公开的秘密。另外，白鹤飞这样问，还不动声色地透出另一层意思，他对这个金大成也没有善意，不光没善意，似乎还隐含着什么想法。

周掌柜一听问金大成，并没立刻开口，只是瞄了白鹤飞一眼。

白鹤飞又一笑说，听说这金大成，也不是个善茬儿。

周掌柜端起酒盅喝了一口，仍没说话。

白鹤飞说，我当年离开天津时，街上还没这么个人，这次回来才听说，这是个唯利是图且不仁不义的小人，说着又摇头一笑，听说，还是个酒色之徒。

也就是白鹤飞最后的这句话，像用锥子扎了周掌柜一下。周掌柜是个胖子，腮帮子上的肉都嘟噜着，这时，腮帮子上的肉哆嗦了一下，哼一声说，金大成。说完长出了一口气。

周掌柜来天津已经有几年，当初在香河就是做银号的，来到天津就继续做银号生意。天津是大地界，银号生意跟香河不一样。香河虽在京东，离皇城近，却沾不上光，是个偏僻地方。偏僻地方生意少，钱自然也就薄。天津就是另一回事了，南来的北往的做买的做卖的，这里又是大码头，一年到头儿就像一锅煮开的水，买卖生意都冒着泡儿。虽说这两年日本人来了，街上已不比从前，可还是比香河那边人多，人一多买卖也就好做。周掌柜做银号生意是把好手，一到天津，这点儿本事也就派上了用场，先在一家裕泰银号做，后来又去了聚丰银号。这样几年下来，就在老城里一带的行里有一号了。

周掌柜做银号跟别人不一样。别的银号掌柜虽不好交，也不爱走动，但自己同行同业的人还是偶尔走动一下。走动，无非就是一块儿吃吃饭，喝喝茶。吃着饭，喝着茶，也能随便聊聊。业内同行聊天，自然聊的是业内的事，一些有用没用的消息，也可以互相通通气儿。周掌柜却没这个习惯，不光不跟行外的人走动，跟行内的人也不走动。别人的消息不感兴趣，自己的消息也不说给别人。也就是他这脾气，行里的人都说，又来了一个冯豁子。当年广源银号的冯豁子对钱上的事是出了名的"瓷公鸡，铁仙鹤，玻璃耗子琉璃猫"。这周掌柜不光是钱的事，对别的事也一概守口如瓶。后来金大成找到他，想请他来广源银号当掌柜，周掌柜明白，冲的就是自己的这个嘴严。但周掌柜起初并不想来广源银号。倒不是觉着这广源银号怎么样，只是不想跟这个金大成打交道。金大成跟梅家的关系，周掌柜早就听人说过。当年金大成扒上梅小竹，是因为他在河北的七间房子给梅家买了一块坟地。这块坟地是梅小竹早就看上的。当初冯豁子在时，也曾办过这个事，但给办砸了。办砸了还不是因为冯豁子没本事，而是这块坟地本来就不是坟地，而是一户白姓人家的老宅，把人家的老宅当坟地，人家的后人当然不干。可到了金大成这里，这件事就办成了。

金大成办这事就是另一套办法了。他先打听清楚，自从出了冯豁子那一回的事之后，这白家的后人已经不知去向，就先去了一趟七间房子。白家的后人虽然不在了，可村里还有几个本家亲戚。金大成跟这几个本家亲戚一提这事，这几个亲戚都连连摇头，说听说过这事，当初有人糊弄着把这老宅买走了，后来又要回来了。这几个亲戚说，这老宅的后人也不是个省事的，他们可不敢给做这个主。金大成一听，二话没说就扭头走了。从这以后，就总有人往这老宅的院里扔死人的尸首。死人也不是刚死的，显然是从坟里刨出来的。但老坟里刨出的尸首还行，也就是一些骨头架子，刚死没两年的尸首刨出来就看不得了，正是烂烂糊糊的时候。就这样过了些日子，这老宅里就堆满了烂尸首，弄得村里臭气熏天。不光臭，一个破败的老宅里横七竖八地扔满了死人，这院子也就成了鬼院儿，老远看着就瘆得慌。过了些日子，金大成又来了。这时这几个本家亲戚已经明白是怎么回事了，商量了一下就一块儿做主，赶紧答应，把这老宅卖了。金大成给梅小竹办成这件事，立了一大功。这以后，在梅小竹的跟前也就成了红人。再后来，梅小竹就把几个买卖铺子都交给了金大成。

周掌柜说到这里，又叹了口气。

白鹤飞问，怎么？

周掌柜像是不太想说了，只是摇摇头。再问，才说，其实来这广源银号早就后悔了，当初在聚丰银号做得好好的，是这个金大成非撺掇着过来，还许了一大堆愿。可过来以后才知道，满不是这么回事。当初在聚丰银号，掌柜是真掌柜，银号的事说了也能算，可到了这边就不行了，这掌柜也就是个摆设，不光说了不算，银号的一些事还不让知道。金大成经常跟日本人嘀嘀咕咕，有时也不打招呼，账面儿上的钱就不知去哪儿了，这掌柜的应名儿是个掌柜的，其实也就是个看柜的大伙计，他有心还回聚丰银号，却已经没脸再回去了，且这时，家里的那个骚货也不让离开这广源银号，一说这事就急。周掌柜这么说着，端起跟前的酒盅一口喝了，又给自己倒上一盅，又喝了，用手掌抹了一下嘴角说，眼下我家的这点儿丑事，已在街上哄嚷动了，我也就不怕寒碜了，大丰银号的何掌柜想必都已跟你说了，我现在是走投无路，想回香河老家也回不去了，真是死的心都有了。

白鹤飞点头说，这个金大成，也欺人太甚了。

周掌柜也是喝了点儿酒，立刻把满是血丝的两眼瞪起来，嘴里喷着唾沫星子说，岂止是欺人太甚，他简直就是骑着我脖子拉屎呀，他拉干的我扒拉下去，拉稀的我擦了，可拉的这是红白痢疾，让我怎么办？不过话又说回来，这事也得两说着，我他娘的天生就是这个王八命，谁让我娶了这么个浪到家的破鞋女人，苍蝇不抱没缝儿的蛋，她天生就是这种骚货，这回就是没有这个金大成，以后肯定也得有张大成。周掌柜说到这儿，又长长叹了口气，这且不说了，做生意的都要体面，可现在，我戴了这么个绿帽子，以后还有脸在这一行里混吗？

白鹤飞给他斟上酒说，有句话，不知周掌柜听说过没有。

周掌柜说，您说。

白鹤飞一笑说，恶人自有恶人磨。

周掌柜慢慢抬起头，睁大眼，看着白鹤飞。

白鹤飞端起酒盅说，来，喝酒。

第二十五章

清明一过，连着下了几场小雨，风也熏熏地暖起来。

街边的柳树都已长出了嫩叶，柳絮也开始飞起来。这天又是北大街的庙会，梅家姐妹约了白鹤飞一块儿来逛庙会。到北门，梅杏又改主意了，说要过河，去北河沿儿踏青。姐妹俩这天又都穿了西服，戴了礼帽，在北河沿儿的青草地上一走，看着越发显得精神。三个人玩到将近中午，梅杏又说，还想去北大街的庙会看看，然后去花戏楼后面的小院儿吃饭。于是三个人来到河北大街，叫了胶皮，就朝北门这边来。一到北马路，人就多起来。白鹤飞看前面的梅家姐妹先下了车，也就跟着下来了。梅杏说，再往里都是人，走着进去吧。

结果刚到北门，就出事了。

白鹤飞和梅家姐妹穿过北马路，还没进北大街，突然从街边斜刺里蹿过一个四十多岁的女人。这女人过来一把抓住梅桃的袖子。梅桃回头一看，脸上立刻变了颜色。梅杏这时也已看清了，赶紧过来说，二姨你这是干吗呀？有话说话，在大街上这么连拉带扯的让人看了算怎么回事呀？这女人念念叨叨，你们姐妹怎么这身打扮哪，男不男女不女的。

梅桃已经涨红脸，使劲挣着这女人的手。

这女人看看白鹤飞，又说，这么体面的一个姑爷，是你俩谁的呀？

梅桃这时已经急得要哭了，跟这女人撕掳着说，二姨你别胡说呀！

这女人这才松开手，转身一边走着一边嘟囔，也不说是谁的，怕我沾你们的光啊。

梅杏拉起梅桃就径直朝前走了。

白鹤飞跟在后面，走了一会儿，才过来问，这是谁？

梅杏站住了，喘出一口气说，是个远房亲戚，论着叫二姨，可人性极差，经常在亲戚朋友中间传老婆舌，无非是为的蹭个吃喝，找机会占点儿小便宜。

梅桃说，今天让她撞见，怕是又要有麻烦了。

梅杏哼了一声，肯定又得去家里，在妈的面前嚼舌根子！

白鹤飞已看出来，这时再逛庙会是没心思了。本来已跟姚四姐说好，中午去花戏楼后面的小院儿吃饭，现在这姐妹俩显然没了兴致，于是叫了胶皮，就让她俩先回去了。看着胶皮走远了，这才又叫过一辆车，独自奔南市的花戏楼来。

花戏楼前面的园子刚散戏，几个伙计正收拾。姚四姐一见白鹤飞就迎过来，朝他身后看了看，眯起一只眼问，黄少爷怎么一个人来了，您那两个红颜知己呢？

白鹤飞笑笑说，碰上点儿事，让她们先回去了。想想又说，中午小院儿的这桌酒菜已经定了，终归得吃，我一个人哪吃得了哇，索性借花献佛，请四姐吧，赏个脸？

姚四姐笑着说，行啊，我这人好说话儿，不挑礼，请谁的酒菜不是酒菜，请我就吃呗！

说着，两人就来到后面的小院儿。

这顿饭吃得挺松快。姚四姐一坐下就说，今天也是难得轻闲，晚上东门里的吴老爷子做寿，有堂会，下午戏班就过去，打发个管事的跟着就行了，正好，陪着黄少爷喝两盅。

白鹤飞说，早看出四姐是个能喝的主儿，一直没机会，今天就领教一下吧。

姚四姐一听就摆手，能喝可不敢说，陪黄少爷，也就是勉强能陪。

酒一喝开了，就看出姚四姐的酒量果然没底儿。说着闲话，不知不觉已喝了几个时辰。眼看着一坛陈酿要喝完了，姚四姐仍不动声色，还是该说说该笑笑。白鹤飞笑着摇头说，四姐到底是四姐呀，我真服了。又问，怎么样，是到此为止，还是再开一坛？

姚四姐说，既然是陪着黄少爷喝酒，当然听您的。

白鹤飞说，咱先喝茶，一会儿想喝，再接着喝？

姚四姐又眯眼一笑，您做主。

伙计沏了茶，又端上一盘红肖香梨。这种红肖香梨在天津也算稀罕物，往北二百里是盘山，这红肖梨是盘山上产的。姚四姐把梨往白鹤飞面前一推说，黄少爷尝尝，这梨可甜了。又站起身，一边倒着茶一边不凉不酸地说，黄少爷真是个大少爷，出手可真大方啊！

白鹤飞端起茶喝了一口，放下茶盏说，四姐这话，我怎么听着味儿不对呢。

姚四姐又撇着嘴叹口气，我是没这福分哪，咱没福分，也就不惦着，省得心里痒痒。

白鹤飞明白了，姚四姐说的是那对手镯的事。这事姚四姐也知道了，白鹤飞倒没想到。倘梅家姐妹把这事也告诉姚四姐了，白鹤飞想，有的事，就得再琢磨琢磨了。这时姚四姐又噗地笑了，黄少爷，您这人看着挺沉稳，可到底这个岁数，还是贪玩的时候。

白鹤飞看看姚四姐，好像没听懂。

姚四姐说，黄少爷说过，这次来天津，是要办一种药材？

白鹤飞哦了一声说，是，其实这些日子也没闲着，只是这药材太蹊跷，不好寻。

姚四姐看了白鹤飞一眼，我能问问吗，到底是吗蹊跷东西，这么难寻？

白鹤飞正要说话，就见梅杏急火火地进来。梅杏一见姚四姐在这儿，愣了一下。姚四姐赶紧起身笑着说，得得，这儿正说着呢，角儿就来了，我也就是插个空儿，过来陪黄少爷说说话，用我们行话说，也就是插个板凳头儿的工夫，角儿一来，这里就没我们的地界了。说着，喊来伙计收拾桌子，又跟白鹤飞打了个招呼，就去前面了。

梅杏一直看着姚四姐走了，才问，她来干吗？

白鹤飞笑笑说，这桌酒菜扔着也是扔着，就让四姐过来了。

梅杏哼了一声。

白鹤飞问，大小姐呢？

梅杏叹口气，这个二姨，回去果然要鼓捣事。

白鹤飞一听就明白了，梅杏说的，是中午在北门碰见的那个女人。

梅杏说，是呀，就是她呀。

白鹤飞问，怎么回事？

梅杏说，这个中午，她和梅桃一回去，果然看见这二姨正在她家门口儿转悠。这二姨一见她俩就迎过来，说，没吃中午饭，还饿着肚子呢。梅桃也为哄她，赶紧掏了几个零塞给她，让去街上买包子吃，想着打发走也就算了。可没想到，这二姨拿了钱还不走，又说，刚才在北门看见的事，她还没进去跟大表姐说。她说的大表姐，也就是这梅桃和梅杏的妈。她说，她这会儿正犹豫，这事说还是不说。梅桃和梅杏一听都慌了，赶紧央求她，千万别说。这二姨说，行啊，不说也行，眼下她家正修房，房盖儿已经挑了，可修不上了，没钱买料。

梅杏涨红脸说，黄少爷你说，这二姨是个吗玩意儿，这不是明着敲竹杠吗？

白鹤飞说，先别急。

梅杏跺着脚说，能不急吗，我俩穿着这身打扮，是偷着出来的，她只要进去跟我妈一说，以后我俩就甭想再出来了，现在梅桃还在那儿跟她周旋呢，我是瞅个空儿才跑来的。

白鹤飞想了想问，这个二姨修房，说了大概要多少？

梅杏立刻说，你听她的呀？修房，哪儿的事呀，她这是成心讹钱呢！

白鹤飞说，讹就让她讹，赶紧把她打发走，也就省事了。

梅杏说，不行！不能惯她这毛病，以后还有完哪？

白鹤飞说，听我的，你就说吧，估计她要多少？

梅杏又吭哧了一下，才说，她倒开价了，少说也得六十块大洋。

白鹤飞点头说，你回去告诉她，明天中午，把六十块大洋给她，只是这事不许说。这样说完，又咧嘴一笑，跟她说明白了，要是拿了钱再敢胡说八道，就把她家的房子点了。

梅杏先一愣，看了白鹤飞一下。

白鹤飞说，你就去这么跟她说吧。

梅杏哦了一声，才说，这，又要让您破费，没这道理呀。

白鹤飞笑了笑，钱是死的，人是活的，钱得为人办事，最要紧的是开心。

梅杏没再说话，扭身出去了。

梅杏刚走，姚四姐又来了。姚四姐已看见梅杏从后面的小门出去了，进来笑了笑，就让身后跟的伙计把几个小碟摆在桌上。一碟腌笋，一碟熏鱼，一碟卤果仁儿，一碟盐渍豆腐干儿，又把一个锡壶放在桌上。白鹤飞看看桌上，又看看姚四姐。姚四姐笑着说，这个中午闲着也是闲着，刚才看黄少爷的意思，好像还没喝够，再来点儿新鲜的，这是跑南边的船刚捎来的几样小菜，黄酒也烫了，加了冰糖话梅，黄少爷是吃过见过的，这一口儿还得味儿吧？

白鹤飞说，好哇，到底是四姐，掂配得正对路。

姚四姐喝着酒，又说，刚才黄少爷说了一半儿，这回来天津，到底要寻吗药材？

白鹤飞说，要说这药材，倒也没吗稀奇的，就是难找。

姚四姐看着白鹤飞，您说。

白鹤飞又一笑，摆手说，算了，四姐甭问了，问也没用。

姚四姐说，您这一说，我还真好奇了，到底是吗东西呀？

白鹤飞端起酒盅喝了一口，又沉了一下，才说，先问四姐一个人吧。

姚四姐嗯了一声，谁？

白鹤飞说，有个张勋，听说过吗？

姚四姐想想，您是说那个"辫子军"的张勋？

白鹤飞点头，就是他，因为他这"辫子军"，都叫他"辫帅"。

姚四姐说，这可是个人物哇，头些年，听说就死在天津了。

白鹤飞说，他老家是江西奉新的，那边还有一个近支近派的本家亲戚，当地也叫张府，这一次，家父就是给这张府里的人看病，我要寻的这药材，也就是给张府寻的。

姚四姐哦了一声说，这就难怪了，那张府的人要用，自然不会是一般的药材。

白鹤飞说，倒说不上一般不一般，就是不好寻。

姚四姐问，黄少爷说了半天不好寻不好寻，到底是吗东西？

白鹤飞说，一副人的手指甲。

姚四姐一听，立刻把嘴张大了，人的手指甲？怎么听着这么瘆得慌啊！

白鹤飞说，还不是一般的手指甲，须三寸以上，半尺以下，十根指头的一套指甲。

姚四姐说，老天爷，人哪有留这么长指甲的？

白鹤飞笑了，说得是呀，要不怎么说难寻呢。

姚四姐毕竟是在地面儿上混出来的，又在花戏楼里拴班唱戏，这些年多各色的人都见过，又想了想，说，要说有这种"个了蹦子"嗜好的，倒也见过，留长头发的，留长胡子的，还就是没见过留这么长指甲的，听说当年慈禧爱留长指甲，一般的人哪有玩这个的？

白鹤飞又为自己筛了一盅酒，也给姚四姐筛上，叹口气说，就因为少，所以才难寻哪。这些日子看着我挺清闲，其实已把这天津卫大大小小的地方都转遍了，连犄角旮旯儿也去了。姚四姐一撇嘴，要我说，您在天津再怎么转也是白费劲，留这种长指甲的也就是旗人，闲得难受才玩这个，咱汉人没这么干的，你不如去京城看看。白鹤飞摇了摇头，实话说，我这次来天津之前，已经去过京城了，真找着了，干吗还跑到天津来？

姚四姐，要是连京城都找不着，天津就更没戏了。

白鹤飞说，这回还是一个使船的艄公提醒我的，他说，天津离京城也就二百多里地，经常有旗人跑到这边来玩，况且这天津卫也是个五方杂处的地界，说不定能找见。

说着端起酒盅，喝了一口，可来这些日子了，还是没找到。

姚四姐问，用这么蹊跷的东西，到底治吗病？

白鹤飞说，家父身在杏林，一直恪守杏林的规矩，病人的事，一般不往外说，他不说，我也就不问，让寻药就给他寻药。不过，白鹤飞又说，只能这么说，肯定不是一般的病。

姚四姐盯住白鹤飞看了看，问，价钱呢？

白鹤飞说，这么蹊跷的东西，又等着治病，不管价钱多少，张府自然都出得起。

姚四姐听了点头，哦了一声。

第二十六章

　　大丰银号的何掌柜想找白鹤飞。找的时候才想起来，没处去找。

　　广源银号的周掌柜想请白鹤飞吃饭。但周掌柜的心里没底，觉着跟这个白鹤飞不熟，请人家怕没这么大面子，就让何掌柜给出面说一下。但何掌柜跟白鹤飞也就是一顿饭的交情，要找也没处去找。这时想起来，上次白鹤飞请自己吃饭，是让鸿宾楼的伙计来给送的帖子，就又来到鸿宾楼。找到上次送帖子的伙计一问，这伙计说，这位白爷后来又来过一回，不过他不来，也没处去找。何掌柜一听，这就没办法了，最后只好跟这伙计说，这么着吧，如果这位白爷再来了，就告诉他，大丰银号的何掌柜有事找他，请他说个地方，在哪儿都行。何掌柜跟伙计这么交代了，回来对周掌柜说，这就不能急了，这位白爷整天像股风儿似的刮来刮去，谁知道他哪天再去鸿宾楼吃饭，甭管有没有急事，也只能等了。

　　周掌柜一听只好说，那就等吧。

没想到两天以后的下午，白鹤飞就来到大丰银号。何掌柜一见有些意外，赶紧说，我本来告诉饭庄的伙计，您有空儿的时候说个地方，我去找您，您倒亲自来了。

白鹤飞笑笑说，都一样，何掌柜有吗事？

何掌柜说，上次您给的这个偏方，真挺灵验，这两天刚吃完，还真就不咳嗽了。

白鹤飞说，咱天津有句话，偏方治大病，多少钱治不好的，也许一个偏方就好了。

何掌柜连连点头说，是呀是呀。

接着才又说，我急着找白先生，还有个事，广源银号的周掌柜想请您吃饭。

白鹤飞听了，哦了一声。

何掌柜又说，白先生就赏个脸吧，周掌柜说，哪天，去哪儿，都听您的。

白鹤飞说，那就今天晚上吧，别去鸿宾楼了，那儿不是说话的地方。

何掌柜立刻说，您说吧，去哪儿好。

白鹤飞想了想，就去北门外宝宴胡同的闲人居吧。

何掌柜说，行，我这就让人去告诉周掌柜，今儿晚上，就在闲人居。

这个晚上，白鹤飞来到闲人居时，何掌柜和周掌柜已经先到了。周掌柜倒真是个痛快脾气，一见面就说，请白先生吃饭不为吃饭，只是想说点儿有用的事。

白鹤飞点头笑了笑，想到了。

周掌柜又说，白先生虽然话不多，也看得出是有来头儿的，上次吃饭，听您一直问广源银号的事，又打听金大成，我回去就想，您应该是有吗事，所以才对这人的底细感兴趣。

白鹤飞一听说，周掌柜爽快，我也就爽快，干脆说吧，是，我是对这人感兴趣。

周掌柜说，好吧，何掌柜要说起来也不是外人，我一个外乡人，在天津无亲无故，平时又不好交，没吗朋友，何掌柜就算是最知近的了，平时有啥事，我也不背他。

何掌柜笑着说，你们有事，只管说你们的，我只说一句话。

何掌柜要对周掌柜说的，还是这个偏方的事。他说，白先生这次给拿来一只烧干的甲鱼，回去研成末，加了红糖白糖各二两，每天一小勺用温黄酒喝了，这多少年的肺病果然眼看着一天比一天好了。说着就连连摇头感叹，我要说的是，一剂良方能救人一命，只这一件事，就能看出白先生的为人。白鹤飞听了摆摆手说，何掌柜言重了，这不叫吗大事。

说完又转过脸，对周掌柜说，您想说吗事，只管说吧。

周掌柜先吭哧了一下，才说，我这几天想来想去，已经打定主意，不在这广源银号干了，不光不在广源银号干，也不在天津干了，这个家也不要了，那骚货娘们儿干脆扔了就算了，走他娘的。说着使劲喘了口气，昌黎那边有个香河老乡，想开银号，又不懂行，早就让我过去，只是一直下不了这决心，这回想明白了，树挪死人挪活，有这身本事到哪儿都吃饭。

白鹤飞一听就明白了，周掌柜这是临走，想抖搂点儿广源银号的底细。

　　果然，周掌柜说，本来在这广源银号不顺心，倘硬着头皮也还能干，家里不痛快，过不了了大不了不过，真狠下心来也是无所谓的事，可这一阵又发现了别的事，敢情这金大成不光跟日本人勾着，暗里还做"放鹰"的买卖。白鹤飞一听就懂了，周掌柜说的"放鹰"，到南方叫"放白鸽"，指的是把女人放出去，先勾引事先瞄好的男人，等有了机会再来个卷包会。周掌柜说，为人之道，做生意得做正经生意，这银号又是正经生意里的正经生意，沾钱财的事，一点儿邪的歪的不能有，这是这一行的大忌，否则谁还敢跟你打交道？可这金大成，前一阵子就干了这么一档子事，听说他当初也是让人坑了，而且差点儿把屎都坑出来。

　　白鹤飞一听，忍不住笑了。

　　周掌柜问，您知道这事？

　　白鹤飞说，您接着说。

　　周掌柜说，我本来是做银号生意的，对别的事不感兴趣，也是听人说的，有个人来找金大成，说想把一个车行出手，让他给做铺保，这金大成是个爱小的人，结果为一点儿小利就钻了人家的套儿，一下赔了五千多大洋，最后连他的大成神草药材行也兑出去了。金大成咽不下这口气，后来就跟道儿上的人也做了个套儿，放了一回鹰，又给当初坑他的人来了一个卷包会，总算出了这口恶气，当初的药材行也兑回来了。本来金大成已打算关了这个药材行，这回一赌气，索性重新开张，还在北大街上接着开。可他来了这么一手，在行里的名声也就臭了，谁还敢跟放鹰的打交道？这以后，广源银号的生意也就没法儿再做了。

何掌柜听了一笑说，也未必，俗话说，小鸡儿不尿尿，各有各的道儿，金大成这种人做银号生意，当然不会是咱的做法，又有日本人在背后给撑腰，兴许还照样顺风顺水。

周掌柜说，这倒是，猫有猫道，狗有狗道，不过他想怎么干，那就是他的事了。

白鹤飞已经听明白了，周掌柜说的这事，就是自己前次和花氏兄弟干的那笔买卖。但后来这一节儿他不知道，大概花氏兄弟觉着这事不露脸，所以才一直没跟自己提。这一想，也就明白了，难怪最近花厚子更少出门了，本来约好要去山西会馆后身儿的春鸣茶坊一块儿喝茶，他也推了。问过花薄子两回，花薄子只说，最近大哥的身上不爽。

周掌柜这回也是扳倒葫芦撒了油，索性一锤子买卖，也豁出去了。反正是要走的人了，干脆就把金大成的这点儿臭底儿全抖搂出来。其实周掌柜这么做，还揣着一个心思。他跟这金大成，说起来也算是有深仇大恨。男人的仇恨无非两种：一是杀父之仇；二是夺妻之恨。有了这两种仇恨就不共戴天。现在白鹤飞一再打听金大成，虽没明说，也能看出是来者不善，于是故意跟白鹤飞多说一些金大成的底细。说不定哪件事对白鹤飞就有用。

周掌柜这么干，也是想给金大成使个阴招。

白鹤飞回来想了一个晚上。周掌柜说的金大成这点儿事，何掌柜在旁边听不懂，白鹤飞却都听懂了。看来花厚子这一回是吃了亏，而且吃的是一个大亏。在道儿上吃亏，自然就得破财，但破财还不是大事，关键是破了财，又丢了面子。

在道儿上丢面子，比破财更要命。

不过周掌柜这一说，也提醒了白鹤飞。看来，是该找花厚子的时候了。

第二天上午，念三儿来了。现在念三儿已经不常来扒头儿。白鹤飞三天两头不在家，来了也是白来。这个上午，念三儿来了一进院，见屋门开着，这才进来。白鹤飞一见就说，去告诉花厚子和花薄子，中午要是有空儿，就在闲人居一块儿吃个饭。又特意说，有事要商量。

念三儿应一声就走了。

白鹤飞又沏了一壶茶，喝透了，看看快晌午了，才出来。

白鹤飞以为自己来早了，但来了一看，花厚子和花薄子还是先到了，正坐在屋里喝茶。于是赶紧说，这事闹的，我说的吃饭，结果我倒来晚了。花厚子笑笑说，白兄总这么见外，都是自己人，谁早一点儿晚一点儿无所谓，不用这么客气。

花薄子也说，最近老没见白兄，还挺想呢。

说着话，菜就上来了。白鹤飞和花薄子本来都是喝酒的主儿，但白鹤飞说，酒先别动，今天有事商量，等事情商量完了，咱该怎么喝再怎么喝。旁边的孤丁一听，先去门外左右看看，回手把门关上了。白鹤飞这才说，今天请二位来，是想说两个事。

花厚子点头说，白兄你说。

白鹤飞说，其实这俩事是连着的，两个事，也是一个事。

白鹤飞先说了这趟回天津的事。这趟回来，是因为当年的一件旧事。当年梅小竹看上了河北七间房子的一处老宅想买下拆了，跟他家的坟地连成片。但这个老宅，是他白家的。当时广源银号的掌柜是冯豁子，替梅家办这事。冯豁子趁着跟白鹤飞喝酒，糊里糊涂地就把这合同签了。等白鹤飞酒醒了，觉出事情不对，又去找冯豁子，骗着他拿出这合同，当着他的面给撕了。撕了这合同还不算完，心里越想越气，后来又把这广源银号做了一下，狠狠敲了两千大洋，这才把梅小竹给惹急了，再加上别的茬儿，就打发这冯豁子打铺盖卷儿走了。

花厚子听到这里点头说，敢情当年广源银号这买卖是你做的。

花薄子也乐了，说，当时这事，在老城里的街上都传遍了。

白鹤飞接着说，当时也知道，敲了广源银号这两千大洋，也就如同捅了马蜂窝，梅小竹一直跟日本人勾着，况且这广源银号也有日本人的股份，肯定不会善罢甘休。这以后，他就离开了天津。但后来在南边，一次碰上一个做木材生意的朋友，也是天津人，在河北大街上开一个木厂，听这朋友说，梅小竹后来到底还是把这白家老宅给买下了，且已经跟他家的坟地连成了片。白鹤飞问，白家的后人没在，梅家怎么买的。这朋友不知这白家老宅就是白鹤飞的，一听就乐了，说，这宅子的后人不在，可村里还有本家，听说梅家派的人为买这老宅，用的招儿要多损有多损，后来白家的这些本家实在吃不住劲了，才只好同意了。

花厚子一直听着，没说话。

白鹤飞笑笑问，你们知道，买我这老宅，是谁去的吗？

花薄子问，谁？

白鹤飞说，金大成。

花薄子听了，看一眼花厚子。

花厚子也哦了一声。

花薄子笑笑说，要这么说，咱跟这金大成还真是有缘哪。

这时，白鹤飞才又说出第二件事。

白鹤飞把这第二件事说得很细，不光细，也把事先想好的每一步，前前后后都具体地说出来。最后才说，这买卖也算个大买卖，我已经想了一年，应该万无一失。

花薄子听完点头说，明白了，白兄说的这俩事，还真是一个事。

白鹤飞说，只是这第二个事，得有人跟我打个过桥儿。

白鹤飞说完看看花厚子，又看了看花薄子。

花厚子端起面前的酒盅，喝了一口。

白鹤飞又说，我在天津，要说朋友当然有，可已经离开这些年了，还别说这些年，道儿上的人，扭脸儿几天不见，就不知是怎么回事了，这种事，我必须找妥靠的人。

花薄子听了，又看看花厚子。

花厚子嗯了一声说，这事，具体商量吧。

第二十七章

白鹤飞一连几天没去花戏楼。

西花街的东南曾是一片水面。当年这片水面很大，水中还有几个小岛。每到雨天，一片烟波浩渺。当时来这里游玩的文人曾留下诗句，单道这片水面的景色：

　　远望城南草色新，虚舟近与寺为邻。
　　平桥曲榭清凉界，四面荷花烂似银。

但后来南市起来了，又有了"三不管"，这片水面也就越填越小，再后来成了一个水坑。过去的水面没了，当年水边的一个茶馆却留下来。这个茶馆叫听荷轩。听荷轩跟别的茶馆不一样，有点儿像水榭，且当年是在水里，只跟岸上通一条窄窄的木桥。后来水面没了，木桥也就没了，剩下的茶馆如同架起的一座吊楼，远远看去倒也别致，用街上人的话说，是蝎子的屁屁，独一份儿。白鹤飞当年就常来这个茶馆。那时来，只是觉着这里的景致好。这次回来，才发现水面已经没了，可这个听荷轩竟然还在，而且就在离花戏楼不远的地方。这天下午，白鹤飞正一个人坐在楼上喝茶，姚四姐来了。姚四姐一见白鹤飞，就笑着过来说，好你个黄少爷呀，让我这通儿找，敢情在这儿喝茶呀。

白鹤飞也笑了，问，四姐怎么知道我在这儿？

姚四姐说，我听伙计说的呀，他来这边送东西，说看见您在这儿，我这才赶紧过来了。说着，又瞑了白鹤飞一眼，我要是晚来一步儿，您说不定又没影儿啦。

白鹤飞问，有事？

姚四姐从没问过白鹤飞的住处，但话里话外也说，干她这行的，就是不能嘴欠，不该说的不说，不该问的不问，说了问了，也许反倒给自己找没味儿。白鹤飞也听得出来，姚四姐嘴上说不问，其实意思还是想问，这不过是故意甩闲话，嗔着白鹤飞自己不说。但既然是甩闲话，白鹤飞也就只当听不出来。不过姚四姐不问，那梅家姐妹也从来不问。梅家姐妹每次想约白鹤飞，都是在花戏楼留话，等白鹤飞来了，让姚四姐给传。这样虽不是很方便，好在白鹤飞经常来，哪怕隔个一两天，这话也就传到了。姚四姐没想到，这个下午，白鹤飞会在这旁边的茶馆喝茶，就笑着说，要是再找不着您，我就不管这闲事了。

白鹤飞问，到底有吗事？

姚四姐说，要说事嘛，估摸着倒也没吗大不了的事，可人家找得急呀。

白鹤飞明白了，姚四姐这话说得不凉不酸，自然是指那梅家姐妹。

姚四姐说，是呀，这会儿，人家姐儿俩急得眼都蓝了呢。

白鹤飞噗地把一口茶吐出来，笑着说，四姐这嘴呀，我真服了。

说着，就和姚四姐出了听荷轩，朝花戏楼这边来。

梅家姐妹果然正等在花戏楼后面的小院儿，这时一见姚四姐和白鹤飞来了，都起身迎过来。姚四姐笑着把白鹤飞往这姐儿俩的跟前一推说，人给你们找来了，别的没我的事啦。

说完又用眼角朝白鹤飞挑了一下，就出去了。

梅杏看着姚四姐出去了，才噘着嘴说，黄少爷，有句话听说过吗？

白鹤飞一边笑，一边看着梅杏。

梅杏说，朝秦暮楚。

梅桃立刻说，黄少爷别听她的，她没好话。

梅杏说，我当然没好话，天津这地界，长得俊的女人遍地都是，黄少爷又是这么个正当年的阔少爷，眉清目朗，还风流倜傥，在这城里城外的街上一走，不说鹤立鸡群，至少也是羊群里出了个骆驼，还不要多招眼有多招眼哪。说着又一撇嘴，不过黄少爷，先说给你，这街上长得俊的女人虽多，也大都是小家碧玉，说小家碧玉还算好的，各种各样的货色都有，别看表面溜光水滑的，其实说不定，还不如这西花街上卖的呢。

梅桃又叫了一声梅杏，看她一眼。

梅杏哼了一声说，我这也是好意，提醒一下黄少爷呀。

梅桃哼了一声。梅杏这才闭嘴了。

梅桃说，黄少爷，前几天的事，又让您破费了。

白鹤飞明白，梅桃指的是那个二姨的事儿，就笑着摆摆手。

梅杏说，可破费是破费，黄少爷破费完了，人也就不露面儿了。

白鹤飞说，这一阵子光顾着玩了，正经事还没办，家里已经捎信来催了。

这时梅杏看看白鹤飞，说，还正想问黄少爷，您办的药材，有眉目了吗？

梅桃也说，是呀，这么蹊跷的东西，在天津，恐怕也不好找哇。

白鹤飞看看梅桃，又看了看梅杏。显然，姚四姐已经把自己说的这次来天津的目的传给这姐妹俩了。其实白鹤飞前次跟姚四姐说这事，也是故意试探，想看一看她跟这姐妹俩到底是怎么个关系。现在梅桃一说，也就露底儿了，如果这样，白鹤飞的心里也就有数了。于是说，是呀，找是不好找，不过天津这地界地杂，人也杂，在旗的也不少，估摸着，也许瞎猫能碰上个死耗子，虽说是没谱儿的事，也只能撞着看，实在不行，就只能去别处了。

这时，还是梅桃先沉不住气了，问，要这么长的人指甲，到底是治吗蹊跷病啊？

白鹤飞说，大小姐这一问，就问到根儿上了，治的还真是一种要多蹊跷有多蹊跷的病。

梅杏撇撇嘴说，那张府的人蹊跷，得的病自然也就蹊跷哇。

白鹤飞笑了，话倒不是这么说，不过，也只能是这么说。犹豫了一下，才接着又说，好吧，本来医家有医家的规矩，家父曾说过，病家的事，医家是不能随便往外说的，这也是医德，可既然已经说到这儿了，又都是朋友，说了你们也不会往外传，也就无所谓。

　　梅杏说，行了，黄少爷就别卖关子啦，想说就说，不想说别说。

　　梅桃又瞪了她一眼。

　　白鹤飞说，这张府的少奶奶二十多岁，本来好好的，可两年前突然得了一种怪病，手上和脚上的指甲自己就往下掉，掉了再长，长出来又掉，人的指甲看着没用，其实用处大了，手上没了指甲就拿不住东西，脚上没了指甲也没法儿走道儿。张府这两年找了没数的大夫，也吃了各种的药，都不见效，眼看着已经下不来床，也做不了事了。

　　梅家姐妹听了，一下都瞪起眼。

　　梅杏说，有这事？

　　白鹤飞说，家父这回用的，是我祖上传下来的一个秘方，听家父说，当年慈禧老佛爷也得过这种病，我祖上在宫里当太医，用的也是这个方子，取一套人的手指甲，须三寸以上，半尺以下，焙干研末，用温黄酒调服，一根分十次，连喝一百天。

　　梅桃听了，哦了一声。

　　梅杏说，可这么蹊跷的手指甲，谁留这么长啊，就是真留了，人家也舍不得剪哪。

　　白鹤飞说，毕竟是张府，已经说了，只要能找着这东西，要多少钱只管说。

梅杏说，话虽这么说，可帽子再大，也大不过一尺去，总得有个数哇。

白鹤飞说，这么说吧，他家开出的底价儿，是一根指甲，六千大洋。

梅桃的嘴一下张大了，十根，就是六万？

白鹤飞点头说，张府的人说了，只要能治病，十万也认头出。

梅杏又想想，说，要说黄少爷这回来天津，还真来对地方了，有这种嗜好的只能是旗人，汉人要留这么长的指甲就甭干别的了，非得饿死。天津往北不到三百里就是皇陵，周遭儿看陵的都是他们旗人自己的近支近派，没事经常来这边天津玩，我就常见这些人。

梅桃也嗯了一声说，这话倒是真的，黄少爷再找找，也许能找着。

白鹤飞摇头叹口气，这也是张郎找李郎的事，俗话说，有缘千里来相会，无缘对面不相逢，我离开天津这些年，眼下也没朋友了，就是真有这样的人，也未必能碰上。

梅桃说，我们也帮您找找。

白鹤飞立刻说，这敢情好。

梅桃说，多几双眼，也就能多看几个地方。

梅杏脑袋一歪，眯起眼问，真找着了，黄少爷怎么谢我们？

梅桃看她一眼说，还要怎么谢，黄少爷平时对咱这么好，帮忙也是应该的。

梅杏说，我是说着玩的，不过话又说回来，一码归一码。

白鹤飞笑笑说，这个忙你们要是真帮上了，当然一定重谢，就算我不谢他张家也得谢。

梅杏一拍巴掌说，一言为定？

白鹤飞点头，一言为定。

第二十八章

　　花厚子是个爱干净的人，平时家里外头，手使的东西，都一尘不染。身上的衣裳也一样，俗话说，衣在洁而不在华，花厚子不像花薄子。花薄子爱穿好衣裳，不光款式好，料子也得好，觉着这样才有面子，也显身份。但花厚子不喜欢太好的料子。料子越好，反倒穿着越不随身。这天下午，玉天成的胡掌柜带着伙计把两件刚做得的大褂儿亲自送来，花厚子穿上试了试，觉着浑身皱巴，不光皱巴，也箍得慌。胡掌柜看了倒挺满意。胡掌柜是手艺人，手艺人有手艺人的脾气，不像做生意的，为把东西卖出去就真的假的虚虚乎乎。胡掌柜认实，好就是好，不好就是不好，做的衣裳就算主顾满意了，只要他看着不顺眼，也宁愿搭工搭料再重做。这时胡掌柜倒退几步上下看看，点头说，嗯，还真有点儿派头儿。

　　花厚子回头看一眼胡掌柜，问，吗派头儿？

　　胡掌柜噗地笑了，说，像个提笼架鸟儿的旗人。

　　冲着胡掌柜的这句话，花厚子就把这两件大褂儿留下了。

这天晚上，花厚子来西花街只带了孤丁。念三儿是雷公嘴儿，一副猴儿相，猴儿相也就透着贱相，自然不像那么回事。花薄子面如喷血纸，更好认。其实花厚子早跟花薄子说过，他不该做这一门儿的生意。这门儿生意的人脸上不能挂相儿，最好是扔在"三不管"的人堆儿里就再也认不出来了，还别说面如喷血纸，就是长个麻子瘩子也是记号儿。但花薄子不这么看，用他的话说，这事也分怎么说，正所谓事在人为，往远了说京城的名角儿马连良，说话大舌头，戏反倒唱红了，大舌头成了独一份儿；往近说，花戏楼的黄麻子，一脸的麻子套麻子，唱小生也没人能比。所以，花薄子说，说句转文的话，就凭这张喷血纸的脸，在天津"调门儿"也无人能出其右。但说归说，花厚子这天晚上来西花街，还是没让他露面。

这个晚上，花厚子来到桂香楼。桂香楼在西花街的正当间儿，属北帮。里面的"库果儿"都是关外来的。鸨子叫喜娘，是佳木斯人。佳木斯是冰天雪地的地方，喜娘也就很禁冻，一年四季只穿一件小衫儿，露着细皮嫩肉的脖子。花厚子在西花街上是生脸儿，带着孤丁一进来，喜娘以为是外地来的。再听花厚子说话，才知道是本地人。喝着茶时，孤丁说，我家少爷姓海，是遵化人，可从小在天津长大。喜娘一听遵化，再看花厚子这身打扮，心里就有数了。遵化那边有清东陵，当年看陵的都是皇家的亲支近派，这海少爷应该是个旗人。喜娘是干这行的，眼也毒，来玩的客人一进门，两句话过来就知道是来打茶围的还是要放帘子。

打茶围是叫几个姐儿，吃喝说笑一阵，一玩一闹也就散了。放帘子则要带个心仪的姐去里面的阁子。喜娘看出这海少爷应该是打茶围的，就叫出几个姐儿应酬着，自己打算去忙别的事。可就在这时，这海少爷无意中露出两只手。喜娘的两眼一下就盯住了。这海少爷的十根手指，都戴着景泰蓝的护甲套。这护甲套都有半尺多长，说明里面的指甲至少也有三四寸。喜娘盯住看了一阵，就转身回来笑着说，海少爷的这一手指甲可真稀罕哪。

花厚子笑笑，没说话。

喜娘又说，如今有这个雅好的可不多了，看出海少爷不是俗人。

喜娘自然懂，旗人子弟当年在京城都爱玩"全堂八角鼓"，后来玩不起了，也还是爱听。幸好桂香楼有个会唱铁片儿大鼓的姐儿，就赶紧叫出来。这个姐儿叫小香宝，嗓子挺脆，又酸溜溜的，还真有点儿王佩臣"醋溜大鼓"的味道。这海少爷果然爱听，喝着茶，一只手搭在身边一个姐儿的肩膀上，另一只手用护甲套在桌上有滋有味儿地给小香宝敲着板。喜娘也不走了，干脆就在桌子跟前坐下来，招呼着几个姐儿好好伺候。喝了一会儿茶，又摆上酒菜。喜娘见这海少爷爱听大鼓，就又把几个会唱西河大鼓梅花大鼓和乐亭大鼓的姐儿都喊出来，轮着班儿地给这海少爷唱。海少爷喝着酒，也越听越美，从傍晚一直玩到半夜，才意犹未尽地站起身。喜娘一边往外送着，一边赶紧说，还有几个会唱大鼓的姐儿，今晚都占着，海少爷吗时候再来，让她们都来伺候。又说，咱这儿可都是"三不管"那边扒拉出来的，您肯定知道，天津卫是大地界，没个三拳两脚的真本事，在这一块儿也站不住。这时孤丁在喜娘耳边说，大后天是少爷的生日，眼下还没定去哪儿。喜娘一听，赶紧让人封了两块大洋塞给孤丁，小声说，那就拜托小爷啦。

孤丁挤挤眼说，赔好儿，大后天，还是傍黑过来。

喜娘看着这海少爷走了，又把身边的人嘱咐了一下，就扭身奔花戏楼来。花戏楼这边还没散戏，台上的文武场儿响得挺热闹。姚四姐一见喜娘这慌慌张张的意思，就知道有事，赶紧迎过来。喜娘一把将她拉到个没人的地方说，可不是有事吗，还是急事。

姚四姐问，吗事这么急？

喜娘说，还有吗事，就是你说的那个事呀！

姚四姐一听，两眼登时立起来，你是说，手指甲？

喜娘连连点头，是呀，在我那儿玩了一个晚上，这会儿刚走。

喜娘就把这海少爷是遵化人，十根手指上都戴着护甲套，看样子指甲得有三四寸长，且爱听大鼓，大后天还要来桂香楼过生日，怎么来怎么去都跟姚四姐说了。

喜娘又对姚四姐说，你在这西花街上可别再张罗了，真哄嚷动了，还没到哪儿先闹得满城风雨，后面的事就不好办了。又说，已跟个海少爷底下的人说好了，大后天的晚上肯定还来，到时候再相机行事。不过，喜娘又说，只是这会唱大鼓的姐儿，我那儿不够手。

姚四姐没听懂，唱大鼓？

喜娘说，是呀，这个海少爷爱听大鼓，可我那儿的人都只会唱东北二人转，这海少爷不爱听，还得赶紧凑人，大后天晚上，只要有人给他唱大鼓，也许后面的事就好办。

姚四姐一听说，这好办。

喜娘问，你有办法？

姚四姐乐了，别的行里不好找人，要说"柳海轰"这门儿的，咱有的是人。

姚四姐说的是道儿上的话，"柳海轰"，指的就是唱大鼓的。

姚四姐说，明天一早儿，我就让人去趟"三不管"，到时候叫几个过来就行了。

喜娘一听这才放心了，想了想又问，怎么跟这个海少爷提这事呢，谁先跟他说？

姚四姐想想说，跟他提这事，我不能出面，本来在你那儿玩得好好的，突然冒出个我来，跟他说的又是这种事，就算他真答应了，毛儿也得立起来。真让他毛儿立起来了，再说价钱也就不好说了。喜娘想想，也觉得有理，但还是有点儿不放心，看看姚四姐问，你这事到底有谱儿没谱儿？可别我那儿都说好了，你这边又没这么回事了。我吴喜娘在西花街上这些年，从来都是吐口唾沫砸个坑，可没栽过这个跟头哇。

姚四姐一听就笑了，跟我姚四姐办事，你还不放心？

说着凑近喜娘，压低声音在她耳边说，你只要记住七个字，一个不多，一个不少，睡觉撒吆挣都别忘了，听着，不见兔子不撒鹰，明白了吗？别的，你就只管把心放在肚子里吧。

喜娘一听点头说，行，有你这话就行，我赌好儿，你也赌好儿。

第二天一早，姚四姐就让人去"三不管"找人，又特意叮嘱去的人，一定要找年轻的，盘儿尖条儿顺的。所谓"盘儿尖"，也就是长得俊。看着人走了，又打发一个伙计拿上下午的戏码儿去南河沿儿的梅巷，给梅府送去。姚四姐平时轻易不这么干。好端端的去梅府送戏码儿，总有点儿唐突，容易让人起疑，只有遇上急事要找这梅家姐妹，才会这么干。

快晌午时，梅家的姐妹匆匆来了。姚四姐正等在后面的小院儿，一见这姐妹俩进来，就把喜娘说的这事说了。梅家姐妹一听当然高兴。姚四姐说，不过，你们也别高兴得太早。

梅桃问，怎么？

姚四姐说，这事，咱还得细商量。

梅杏说，四姐要跟我们讲价钱？

姚四姐说，倒不是这意思，可该说的，咱也得先说明白了，平时一直是这样，我有我的事，你们姐儿俩也有你们的事，咱是彼此井水不犯河水，我这人就这脾气，跟我没关系的事从来不打听，打听到心里也是病，可还有一宗，只要是跟我有关的事，也别藏着掖着，咱是当面锣，对面鼓，把话都撂在桌面儿上，说明白了，后面才好一块儿干事。

梅桃点头说，四姐这话说得好，既然这样，你就说吧。

姚四姐说，按说这海少爷是我找着的，那边的黄少爷也是我先认识的，现在我只要一手托两家，其实这事也就办了，事一办，这中间的钱我也就挣到手了，没必要再多拉上你们一家。说着笑了笑，我多拉一家，也就得多分一份儿钱，你们说，是不是这个理？

梅家姐妹没说话，只是对视了一下。

姚四姐接着又说，我的意思是，其实这事很简单，谁找来的这套手指甲，这个钱谁挣就是了，可我干吗还要拉上你们姐儿俩呢，这就得说清楚了，这种事，搁谁都是不见兔子不撒鹰，两手的指甲留这么长，肯定不是一两年的工夫，这海少爷黑也没见白也没见，只这么一说，就把两手的指甲剪了，你不要了怎么办？说句难听的，这东西也就是那黄少爷当药材买，搁别人，白给都不要，所以甭问，肯定是当面银子对面钱，得一手交钱，一手交货。

姚四姐说到这儿，梅家姐妹的心里也就已经明白了。这生意说到底，就是个"二倒"的事，须两边不见日头。所谓二倒，也就是先把东西趸过来，加了价，再卖出去。要想不让黄少爷跟对方见面，就得先从那边的手上把这套指甲买下来，然后再转手卖给这黄少爷。只有这样，这中间的钱也才能赚到手。可这样说着容易，其实也就更难了，必须先有几万块大洋的底钱，而且这几万到底是多少，是五万六万，还是十万八万，就得看那边怎么开价了。姚四姐刚才说这番话的意思是，她没处去弄这么大数目的一笔钱。没钱，这事自然也就干不成，所以才认头把她姐儿俩拉进来，说白了，是想让她俩出钱，一块儿做笔买卖。

姚四姐点头说，对，我就是这意思。

梅家姐妹一听，又互相看了看。

姚四姐又说，现在，既然话已说到这个份儿上，咱也就都说开了，生意场上有生意场的规矩，自然是出大本钱的赚大头儿，出小本钱的赚小头儿，没出本钱的，也就只能挣个跑腿儿的辛苦钱。我现在是一分本钱也拿不出来，只能挣个辛苦钱儿，你们有本钱，咱就一块儿干，没本钱，我再找别人，要是别人也拿不出这笔钱，我就把这海少爷往黄少爷的跟前一推，辛苦钱也照样能挣到手。说完看看梅桃，又看看梅杏，我的话，说得够明白了吧？

梅桃的脸有点儿燔，笑笑说，咱不是外人，四姐的话，说得有点儿难听了。

姚四姐说，生意场上从来都是如此，规矩也是这么个规矩，明算账的话都难听，可先把难听的说了，后面剩的，也就都是好听的了，总比先说好听的，最后剩一堆难听的要好。

梅桃点头说，也是这个理，这么着吧，这买卖不是一般的买卖，抄起来几万块，话是这么说，真要拿，我姐儿俩想想办法，也不是拿不出来，俗话说瘦死的骆驼比马大。可要拿这些钱，也得找人商量商量，四姐你就跟那边说吧，说好了，咱再商量，先走一步说一步。

姚四姐点头说，行，有你们姐儿俩这话就行。

第二十九章

　　白鹤飞这个上午来听荷轩茶楼时，广源银号的周掌柜已经等在这里。周掌柜的气色好多了，脸上又红润起来，头发也梳得一丝不苟，看出又有精神了。人就是这样，最难受的是拿不准主意的时候，左想不行右想也不行，怎么想怎么没道儿走，这就是走投无路。等真想明白了，也拿定主意了，心里自然也就踏实了。心里一踏实，反倒发现能走的道儿其实很多，而且就在眼前的脚下。周掌柜这时就已踏实了，也打定主意了，这两天已从家里搬出来，就住在银号里。这一来，反倒吃得饱睡得着了。头天晚上他刚从昌黎回来，身上还带着一股子又腥又咸的海螃蟹味儿。这时一见白鹤飞，从怀里掏出一张号票，放到面前的茶桌上。白鹤飞拿起看了看，揣到身上说，后面的事，周掌柜知道怎么办了？

　　周掌柜点头，知道了。

　　白鹤飞就起身从听荷轩出来了。

　　白鹤飞来到花戏楼。上午的戏还没散，姚四姐一见白鹤飞就迎过来，笑着说，看来黄少爷这两天是真务正业了。

白鹤飞也笑了，问，四姐这话怎么讲？

姚四姐说，顾正事啦。

白鹤飞说，是呀，家里一直催，再不行，就得去别处想辙了。

姚四姐点头说，毕竟是治病的事，虽不是急病，可也不能总这么拖着哇。

说着又挤眼一笑，只是您这一说，可有人要着急啦。

白鹤飞问，谁？

姚四姐没说话，只用下巴朝后面小院儿的方向一挑。

白鹤飞会意地一笑，就朝后面的小院儿走过来。

梅桃和梅杏正在这里嗑着瓜子儿说闲话。梅杏一见白鹤飞进来，腾地起身迎过来说，好哇黄少爷，一连几天不露面儿，连个消息也没有，我们还当您已经离开天津了呢。

白鹤飞笑着说，我就是真走，跟谁不打招呼，也得跟你们打招呼哇。

梅杏说，唉，知人知面不知心，这可难说呀。

梅桃叫了梅杏一声，又看她一眼。

白鹤飞问，有急事？

梅杏说，这才叫皇上不急太监急呢。

梅桃说，黄少爷别听她的，是这么回事，这两天真是急着要找您，可又没处去找。

梅桃就把已经找着手指甲的事说了。又说，现在人是找着了，可这两手的指甲还没亲眼看见，不过光是从护甲套看，少说也得有四寸长，就不知这人是怎么个心气儿。

白鹤飞一听先哦了一声，立刻就在梅家姐妹的跟前坐下了，想了想，点头说，这可太好了，咱就先说第一步，你们先看看他的指甲，指甲要是没问题，再接着说第二步。

梅杏问，第二步，怎么说？

白鹤飞说，能留这么长指甲的人，肯定都有怪癖，一般不太好说话。

梅杏说，现在就这么说吧，已经试着跟这人过了一回话，他倒有意。

梅桃说，估摸着，也就是谈价儿的事了。

白鹤飞立刻说，价钱好办，我说过，张府那边已经开出了底价。

梅桃说，黄少爷，您也是外面跑的人，现在的话，就不是这么说了。

白鹤飞没听懂，问，怎么说？

梅杏说，张府出的这价钱，要是拿不下来怎么办？

白鹤飞显然没想到梅杏会这么问，想了想没说出话。

梅杏说，要说这东西倒不是吗值钱的东西，可物以稀为贵，另外还有一说，这么大的事，人家黑没见白没见的，我们姐儿俩也不能拿着唾沫去粘家雀儿啊。

白鹤飞明白了，笑笑说，价钱还能再商量，另外，我也不是拿着唾沫去粘家雀儿的人，哪能办这么不地道的事。说着又看看这姐妹俩，我只问一句，这是本地人，还是外乡人？

梅桃说，要是咱本地人就好说了，是个外乡人，怕的就是他哪天一走，再找就费劲了。

白鹤飞说，我要说的，也就是这意思，

想了想，又说，这事这么办，你们看行不行。咱还是分两步，先跟他把这事说定了，价钱一定，先付定金，付了定金五天内，一手交钱，一手交货。

梅家姐妹听了，又对视了一下。

梅桃说，行，就按黄少爷说的吧，下午您来听信儿。

白鹤飞说，那就拜托你们了。

白鹤飞从花戏楼出来，回到新街东头的住处。这时，念三儿正等在这儿。一见白鹤飞回来，就迎过来说，花厚子那边正等着，请去吃午饭，说是有事要商量。白鹤飞知道花厚子要商量什么事，让念三儿去外面的街上叫了一辆胶皮，就奔竹竿巷来。

白鹤飞来时，花薄子也在。花厚子已让孤丁去五福楼叫了菜。见白鹤飞来了，也没客套，就坐下来一边吃饭一边说事。花厚子要说的事，白鹤飞已经知道了。但白鹤飞说的事花厚子和花薄子并不知道。白鹤飞说，听广源银号的周掌柜说，就在前一天，金大成已经去银号问过他，账上能拿出多少现洋。周掌柜试探着问了他一句，打算干啥用。金大成只是含糊地说，事情还没最后定。不过据周掌柜说，眼下银号的现洋不愁，金大成也已经跟他说了，如果事情定下来，用的钱肯定不是一般的钱，大不了提前去收账就是了。

花薄子想想说，这金大成也别小看，是个不见兔子不撒鹰的主儿。

花厚子说，这回他要是真撒了鹰，就让他后悔一辈子。

白鹤飞点头说，这倒是。

这个中午，白鹤飞从花厚子这里出来，回到新街东头的住处又睡了一觉。白鹤飞是个精神儿很大的人，平时没觉。别人夜里得睡一宿，他也就睡几个小时，眼一睁，困盹儿也就过去了。但也分什么时候，赶上要做生意了，尤其是大生意，生意越大，反倒越爱睡觉。睡觉也不是真睡，只是似睡非睡，这种时候脑子反而更清楚，能把平时想不到的事都想到了。

　　白鹤飞在这个中午睡了一会儿，就想起一件事。这一阵跟广源银号的周掌柜走动得勤，为了避人眼目，每次都是去西花街南头的听荷轩。想的是这听荷轩靠着水坑边上，僻静些，不引人注意。此外还有一层，这听荷轩靠近西花街，一般做生意的正经人也就不会到这边来。但就忘了一样，这一带也是"荣门儿"的地盘儿，常有一些"荣点"在这边转悠。白鹤飞虽然出去这些年，在这边儿已没几个熟人，但别人不熟，"荣点"的眼毒，只要一盯上，三两眼就能看出是怎么回事。花厚子和花薄子都曾说过，这些"荣门儿"的人跟金大成有关系，如果让他们看出了门道儿，再去告诉金大成，也就前功尽弃了。白鹤飞一想到这儿，心里立刻咯噔一下。看来再跟周掌柜商量事，听荷轩是不能去了，别煮熟的鸭子再飞了。

　　白鹤飞下午起来，洗了把脸，又换了件衣裳，就又奔花戏楼来。

　　梅家姐妹已经等在后面的小院儿，一见白鹤飞来了，立刻迎过来。

　　梅杏说，也不知黄少爷是真急还是假急。

白鹤飞问，怎么叫真急假急？

梅杏说，我早说了，这才叫皇上不急，急死太监呢，我们姐儿俩从中午就在这儿等，一直等到现在，倒像这是我们的事。要不说呢，人也不能太实诚了，一实诚就成了傻子。

梅桃推了她一把说，你这嘴，整天跟刀子似的，黄少爷来晚了自然是有事。

白鹤飞赶紧说，还真是有事，可心里也真急。

梅杏说，您急是不用急了，事情已经说定了。

白鹤飞一听高兴了，哦，都说定了？

梅桃说，价钱还没说，可事情已经定了。

梅杏说，要不怎么急呢，这回可都是按您说的，先交定钱，定钱交了，五天之内兑现。

白鹤飞摇摇头说，有句戏词儿怎么说来着，巾帼不让须眉，平时光听着在台上唱，这回可真领教了。我从江浙一路到安徽，又从京城来到天津，已经小俩月了，还没有一点儿眉目，可到了你们姐妹手里，身不动膀不摇，没费劲就办成了。说着又啧啧赞叹，看来不服真不行啊！

梅杏说，黄少爷先别急着夸，说好的事，您可别把我们姐儿俩撂在旱地上。

白鹤飞听懂了，笑笑说，我刚才说有事，就是去办这事了。说着，掏出一张号票，递给梅杏。梅杏接过一看，立刻眉开眼笑，好哇，黄少爷到底是黄少爷。这时在旁边的梅桃也已看清了，这是一张三千大洋的号票，于是说，下面的事，黄少爷就只管放心吧。

白鹤飞笑着点头说，有你们姐妹俩在，我当然放心。

第三十章

喜娘是个沉得住气的人。

沉得住气也分两种，一种是所有的事都沉得住气，沉得住气，也就不急。但不急，又沉得住气，就让人觉着性子有点儿慢。还有一种沉得住气，是虽然沉得住气，可事情该急还急。一边沉得住气一边还急，这种急也就急得稳妥。喜娘就是这后一种人。

这天下午，喜娘算着这个海少爷又该来了，早早就把桂香阁收拾出来。桂香阁是桂香楼最好的一个阁子。说是阁子，前面还带个小花厅。这小花厅挺宽绰，打着茶围还能听玩意儿。来玩的客人高兴了，或是看上了哪个姐儿，扭身放帘子也方便。喜娘这天下午特意选了这个桂香阁，几个会唱大鼓的姐儿也都没让前面放牌子。这时，姚四姐在"三不管"找的几个"柳海轰"也都到了。眼看已经傍黑了，还没见这个海少爷来。前面管事的过来说，这个海少爷是不是改主意了？他要是不来，可就把咱坑了。

喜娘说，别急，再等等。

正说着，就见花厚子带着孤丁来了。

孤丁一见喜娘使了个眼色。喜娘就明白了，赶紧带着几个姐儿迎过来，笑着说，海少爷，我这一下午没干别的，一直恭候您的大驾呢。说着就引到桂香阁来。花厚子进来一看，这桂香阁里一派喜气，迎面的墙上贴着一个斗大的"寿"字，两边各摆了四个烛台，都点上大红烫金的寿蜡。喜娘先请花厚子在上座儿坐了，就带着姐儿们过来拜寿。花厚子一看就笑了，问喜娘，今天这日子，你们是怎么知道的？

喜娘哟了一声说，海少爷的大日子，还用问吗。

拜过寿，就安排着摆上寿宴。喜娘找个机会出来，打发一个伙计去花戏楼，赶紧把姚四姐叫过来。这时孤丁也出来了。喜娘这几天已经暗中找过孤丁，让他探一下海少爷的心气儿。孤丁给喜娘回过话来说，少爷留的这两手指甲已经二十来年了，如今别说在天津，就是京城也很难再找出第二个，毕竟是父精母血的东西，真要卖，就得看价钱了，一般小小不言的就别张这个口了。喜娘从孤丁这里扒了底，才把话给姚四姐传过去。这会儿，喜娘一见孤丁出来了，就先把封好的几块大洋塞给他，然后在他耳边说，今儿个就今儿个吧，到底怎么着，让你家少爷给个心气儿，事情能定就定下来吧。又说，我自然是买不起这东西，真买到手里也没用，看着还怪吓人的，是有人想要，我这也是一手托两家的事，给人帮忙。

孤丁听了点点头，就转身进去了。

这时姚四姐急慌慌地来了。喜娘拉她来到个没人的地方，先把刚才跟孤丁说的意思说了，又说，甭管价钱多少，这事成与不成，今晚就定死了吧，否则也怕夜长梦多。

姚四姐想想说，定就定吧，听黄少爷说，他家里那边也一直催，再说他来天津这些日子了，保不齐跟多少人说过这事，这个海少爷又哪儿都去，真有人留了心思，也正满街找这指甲，一见这海少爷肯定得捷足先登，那咱可真就鸭子孵鸡白忙活了。

两人说定，姚四姐先回去等信儿，喜娘就又来到桂香阁。

喜娘进来时，一个"三不管"的"柳海轰"正唱《王二姐思夫》，嗓子挺好，就是调儿有点儿悲："八月里的那个秋风啊，阵阵凉，一场那个白露啊，严霜一场，小严霜单打独根的草啊，挂大扁儿甩子在荞麦梗儿上……"喜娘一听，脸上登时变了颜色，赶紧上前拦住说，今天是海少爷做寿，大喜的日子，怎么唱这个？换一个换一个，唱喜庆的！

孤丁笑着说，这是少爷点的，没事，少爷爱听，让她唱吧。说着，又给喜娘使了个眼色。两人就出来了。

喜娘忙问，少爷给话儿了？

孤丁说，给了。

喜娘问，多少？

孤丁说，少爷说了，毕竟十指连心，实在舍不得剪下来，况且已经这些年，有这长指甲也惯了，倘一剪了，先别说别的，恐怕这两手就不知怎么放了。

喜娘听了，哦了一声说，也是呀。

孤丁又说，不过少爷也说了，你们要是真有心想要，听说又是拿去治病，卖了也就卖了，不过一口价儿，别还嘴，五千一根。

喜娘一听睁大眼，十根，五万？

孤丁说，对，十根一套，五万。

喜娘低头沉吟着，没立刻说话。姚四姐那边给的底价就是五万，但又说，倘再高，咬咬牙，五万五或六万也能答应，不过，如果喜娘能把价儿往下压，每压一千，就给喜娘抽五十块。喜娘毕竟已在场面上这些年，又做的是这路生意，不说胆识，见识也还是有一些的。这时想了想，就抬起头对孤丁说，按说你家少爷说的这价儿，还真不算高，别说五万，要我说再高点儿都不算高，到底是父精母血长出来的东西，真要说起来，是没价儿的。

孤丁点头说，喜娘是明白人。

喜娘又说，可我还是想还个嘴，还嘴不为别的，这买家儿毕竟是拿去治病，能买得起这东西治病的人家儿无非两样：一是治的不是一般的病，倘一般的病也不会用这么蹊跷的东西；二是不是一般的人家儿，真一般的人家儿，别说卖房子卖地，把自己卖了也买不起这东西。

孤丁说，你就直说吧，打算怎么着。

喜娘说，这么着，我说个价儿，你给少爷回过去，行与不行都不许急，说错了咱重说。

孤丁点头，你说。

喜娘说，我现在就把底交给你吧，买家那边给的底价是三万，正好是你家少爷价钱的六成，要说你们两家儿也算有缘分，不过俗话说，帽子再大也大不过一尺去，我也甭跟买家商量了，就替他做主，咱甭五万，也甭三万，取个中，四万，行不行？

　　喜娘这样说了，见孤丁低头犹豫，也有能行的意思，就赶紧又说，劳烦小爷，再去跟你家少爷说说，毕竟是治病的事，俗话说救人一命，胜造七级浮屠，他要是答应了，买家儿肯定谢你，我也好赶紧让他们去准备钱。孤丁又吭哧了一下说，只是，今天是少爷的生日，他听玩意儿又正高兴，这么反反复复地跟他说这事，他一烦，兴许干脆就不答应了。

　　喜娘一听连忙说，那就先别说了，别招他烦。

　　孤丁说，我进去看吧，找个机会，能说就说。

　　孤丁说完就又进去了。

　　喜娘也想进去，转念再想，觉着还是等在外面的好。这时管事的过来，小声问喜娘，这个海少爷今晚玩得这么热闹，是不是要放帘子。喜娘一听就笑了，说，你还没看出来吗，这少爷是个呆子，玩归玩，可不吃肉，是个吃素的。正说着，就见孤丁又出来了。喜娘赶紧迎过来，看看孤丁的脸色，小心问，你家少爷，怎么说？

　　孤丁说，也是我劝，总算答应了，就四万。

　　喜娘听了把两手一拍，刚要说声好，又咽回去。想了想，还是有点儿不踏实，拉住孤丁说，这么大的事，我还是跟你家少爷当面叮对一下吧，你说呢？

　　孤丁一听就酸下脸，问，喜娘信不过我？

　　喜娘赶紧说，哪儿的话，这回这事全仰仗小爷了。

　　孤丁说，少爷这会儿正在兴头儿上，唱的几个段子，一个比一个爱听，你这会儿去跟他叮对这事，不是找着让他烦吗？已经说成的事，也许就又不成了。

说着看一眼喜娘，我这也是为你想。

喜娘连连点头说，小爷说得对，那这事，就这么定了？

孤丁说，五天以后，还是这会儿，就在这儿兑现。

喜娘在孤丁的腮帮子上亲了一口说，行，五天以后！

第三十一章

　　姚四姐这天晚上从喜娘的嘴里得着消息，一夜没睡踏实。姚四姐是见过钱的，也见过大钱。可越是见过大钱，也就越知道，钱这东西就像一股烟儿，说有真有，看得见，也闻得着，但不能心急，心急了伸手一抓，兴许就空了，这股烟儿也就随风散了。唯一的办法是沉住气，先把它拢住了，只要能拢住，也就不会散。第二天一大早，姚四姐就准备打发个伙计去梅府送戏码儿。但转念又想，也不能去太早，太早就看出假了，哪个园子也不会一大清早就派人去送戏码儿。姚四姐心里正寻思着，梅家的姐儿俩已经急急地来了。

　　姚四姐一见，挑了下脸儿。几个人就奔后面的小院儿来。

　　梅桃一进来先问，说成了？

　　姚四姐有些得意，成啦。

　　梅杏问，多少？

　　姚四姐说，你们猜？

　　梅杏不耐烦地说，你就说吧。

　　姚四姐这才说，要的是五万，最后说成四万。

跟着又说，咱可有话在先，这里边有我的辛苦钱。

梅桃说，先别说你的辛苦钱，眼下得凑够这四万，先把这几根破指甲买了才能说别的。

梅杏叹口气，这几天已经豁出命了，刚凑了一万五。

姚四姐一听就急了，立起眼说，你们可不带这么闹着玩的，咱事先商量得好好的，现在已经说成这样了，你们又拿不出钱了，早说没钱，我就找别人了，这不是耽误事吗？

梅桃说，你先别急，办法是人想的，眼下还不光是钱的事，还有那个黄少爷。

姚四姐问，黄少爷又怎么了？

梅桃说，咱这边说得这么热闹，把这十根指甲也买下了，他真要吗？

姚四姐两眼一瞪说，红口白牙说的，他怎么能不要？

梅桃说，话虽这么说，可也得跟他砸死了，别我们这儿都吐血了，好容易把钱凑上，买下这十根恶心东西，他又不要了，四姐你是身不动膀不摇，把我们姐儿俩可就坑了。

姚四姐想想，也觉得有理，点头说，行，黄少爷这就来，等他来了，我再跟他砸一下。

正说着，白鹤飞就从前面戏楼溜溜达达地过来了。

白鹤飞一进来，看看屋里的几个人，笑笑说，干吗都这么看着我，不认识了？

梅桃讪笑了一下说，黄少爷，您可来了，怎么现在觉着，您倒不着急了呀？

梅杏哼了一声，是呀，心里有根了吗。

姚四姐噗地笑了，指着这梅家姐妹说，到底都是大小姐的脾气，心里怎么想的另说，可就是嘴上不饶人，刚才还都替黄少爷想呢，真见着了，这话就横着出来了。说着一拉白鹤飞，黄少爷，甭理她俩，她们也是这两天一直为这事跑来跑去，心里抱委屈，跟您撒娇呢。

白鹤飞也笑笑，就跟着姚四姐出来了。

姚四姐来到院子，朝屋里看一眼说，黄少爷，我得先说句公道话，也难怪她们姐儿俩心里委屈，这两天，她们为您黄少爷这事可真是把腿都跑细了。白鹤飞连连点头说，是是，我心里有数，当然不会跟她们计较，给我帮了这么大的忙，谢还谢不过来呢。

姚四姐又一挑脸儿，她们好像有正事，还等着跟您说呢。

说完，又做了个手势，就去前面的戏楼了。

白鹤飞转身进来了。梅桃正朝门口这边看着，一见白鹤飞进来，就说，黄少爷，事是已经都给您办了，该说的，该定的，也都已说定了，现在就等您一句话了。

白鹤飞说，说吧。

梅桃说，价钱，卖家儿开的是十万。

白鹤飞听了，哦了一声。

梅桃说，当然，开十万也有十万的道理，人家说了，这十根指甲整整养了二十年，且是父母给的东西，不比珠宝玉器，珠宝玉器是身外之物，可这是自己身上长出来的，况且养一根指甲，还得修剪保养，要这么算起来，一年五千还真不算多，十根指甲也就是这个价儿。

白鹤飞点头，嗯，说得也是。

梅桃又说，不过，我们姐儿俩这几天也是软磨硬泡，生把这价钱又砍下来一块。

白鹤飞立刻问，砍下多少？一万？两万？

梅桃一笑说，黄少爷您坐稳了，别吓着。

梅杏说，砍下四万。

梅桃说，最后说定，是六万。

梅杏说，黄少爷，您怎么谢我们？

白鹤飞站起来，原地转了转又坐下，连声说，哎呀，谢是不用说，只是这事，没想到，办得这么漂亮，要不说呢，我从一开始就看出来了，你们姐妹真不是等闲之辈。

梅桃又笑了笑，黄少爷先等等，我还有话呢。

白鹤飞说，你说。

梅桃沉了一下，抬眼说，现在卖家儿说了，事是说定了，可这指甲，得真要。

白鹤飞愣了愣，没听懂。

梅杏在旁边说，卖家儿说的意思是，可别说的跟真事似的，等人家把这指甲剪下来，咱这边又改主意不要了。说着朝这边瞄一眼，黄少爷当然不是这种人，可人家说的也在理。

白鹤飞一听连连摆手，摇头笑着说，这怎么可能，不会有这事，况且，不是已经给了定钱？退一万步说，就算咱真改主意了，这定钱他不退就是了。

梅桃说，理是这么个理，可咱要是真不要了，咱亏的只是三千大洋，人家亏的可是这两手的指甲，这一算，还是人家承受不起，再说要拿三千定钱跟六万比，还叫个数吗？

梅桃这一说，白鹤飞就没话了，想想问，你们说，这事儿怎么着？

梅杏说，卖家儿说了，六万到底不是个小数儿，他得先看见钱。

梅桃说，其实细想，他说的也不为过。

白鹤飞说，懂了，这人说的确实也在理，不过话又说回来，钱虽在我手上，我当然也信得过你们姐妹，可这钱毕竟不是我的，没见着东西，这么大一笔钱，也不敢轻易往外拿。

梅桃一听笑了，说，黄少爷误会了，卖家儿不是这意思。

白鹤飞看看梅桃，怎么说？

梅桃说，现在的事是这么个事，这两手的指甲是长在人家手上，说白了，看得见，要剪也随时能剪，可咱这边的六万大洋，就是另一回事了。

梅杏接过话说，这么说您就明白了，头年正月，我们姐儿俩去逛南市，有一家鞋帽店，柜里摆着一顶海龙帽子，标的价钱是一万五千大洋，有个人说，要拿出来看看，店掌柜跟他说，买不买另说，要看也行，可得先拿出一万五千块大洋的号票搁这儿。

梅桃说，这掌柜的意思是，你得先让人知道，有这个钱。

白鹤飞一听笑了，点头说，明白了。

梅桃说，这些天跟这卖家儿打交道，也已经成了朋友，人家倒说了，虽没跟这个买家儿见面，就当我俩是买家儿，也信得过我们姐妹俩，只要我们看见这钱，也就行了。

白鹤飞说，行，三天以后，还在这儿，兑现的时候，你们先过目。

　　梅桃说，那就说定了，三天以后还这会儿，我们在这儿等你。

　　白鹤飞说，我现在就去，要办就赶紧办。

　　梅杏说，要这么说，我们也就不留您了。

第三十二章

　　白鹤飞这次见广源银号的周掌柜，地方又定在西花街南头的听荷轩。这次定在这儿，是为了大丰银号的何掌柜。大丰银号在南市，何掌柜过来方便一些。何掌柜这些日子又吃了一个烧干的王八，痨病更见好了，不光不咳不喘，人也显得结实了。可痨病好了，腰病又犯了，弯是弯得下去，就是直不起来，走路得哈着腰，见谁都跟欠了钱似的。白鹤飞本来是在头天晚上见的周掌柜，两人在西门里的羊肉馆一人喝了一碗羊汤。一边喝着羊汤，白鹤飞一边就把想让大丰银号何掌柜帮忙的事说了。周掌柜听了想想说，这事是这么说，要搁别人，何掌柜肯定不管，做我们这行生意的最忌讳的就是干这种事。不过还有一说，这个事的前前后后虽没跟何掌柜详细说过，他也知道个大概，现在让他帮这忙，数是大了点儿，可有我在这儿，他心里应该也踏实，况且不过是做个攒儿，又没动真的。不过，周掌柜又说，话虽这么说，最好还是你直接跟他说，这么大的事，隔山买老牛怕不合适。

于是约了何掌柜，这个上午在听荷轩喝茶。

何掌柜来了一听是这事，倒也没犹豫，笑笑说，还是那句话，你们干的是吗事，我不知道，也不想问，这个事只当是给周掌柜帮忙，看的是周掌柜的面子。又说，咱都是在街上混饭吃的，话不用说透了，人这一辈子，真让人帮这种忙的时候，也不会有几次。

周掌柜一听，起身给何掌柜施了一礼。

何掌柜赶紧拦住说，别别，这我可受不起，以后我在昌黎那边要是有生意上的事，你周掌柜给照应着就都有了。说着站起来，你们先聊，我这就回去办这事，一会儿再过来。说罢，就回大丰银号去了。

周掌柜这才又跟白鹤飞说起广源银号这边的事。先说的是金大成。金大成这几天正急着到处凑钱，把凑的钱都调到广源银号这边来。他在银号有一本私账，只有他和周掌柜知道。就在昨天，总算凑足了两万五千大洋，可听口气，还怕不够。金大成钱是有，但买卖铺子多，都在生意上转着，关键是有的铺子还不一定是他的，再往深里说，究竟是梅小竹的还是日本人的，就谁也说不清了。但看得出来，都是金大成在操持。尤其这一两年，他还经常往海光寺的日本驻屯军司令部跑。东门外"海通漕运公司"的杨老板，也经常跟他有生意上的来往。周掌柜说到这儿，伸过头来问白鹤飞，你知道这"海通漕运公司"是谁的买卖吗？

白鹤飞问，谁的？

周掌柜说，我也是听说，明着是这杨老板的，其实也是日本人的。

白鹤飞拿出烟，点着一支，抽了一口。

周掌柜把声音压得更低了，你看海河上给日本人运货的船，净是海通公司的。

白鹤飞点头说，这个杨老板，还真没听说过。

周掌柜说，是个南方人，本来一直在南京那边做生意，也是这两年刚过来的。

周掌柜朝左右看看，又说，所以这金大成的买卖，也就缠头裹脑更难说清了，这回他筹钱这事，看意思是自己的一笔买卖，说白了是给自己挣钱，所以才不想让外人知道。不过听人议论，他为了筹这笔钱，已经把两个有日本人背景的铺子也押出去了，银号里日本人的钱也让他挪了。周掌柜说完一笑，等着看吧，这回要是赔了，日本人非崩了他不可。

白鹤飞也笑了，他这回，还非赔不可。

周掌柜一听立刻瞪起眼，看看白鹤飞。

白鹤飞又抽了一口烟，你接着说。

周掌柜接着说的，是梅家那边的事。周掌柜虽在广源银号当掌柜，这广源银号又应名儿是梅家的买卖，但跟梅家的人并不熟，平时也没来往。梅家这几天的事，他是听银号里一个伙计说的。这伙计跟梅家的一个小老妈相好。这小老妈经常出来买东西，两人就偷着见一面。听这伙计说，梅家的两个小姐这些天也正忙着筹钱。可梅家眼下只是个空架子，表面虽还撑着，其实已没多少瓤子了。梅小竹这些年买卖上的事，好像跟这个家也没多大关系。梅家的老太太平常也不管家里的事，从早到晚只是吃斋念佛，两个

小姐整天在外面倒腾什么事，也从来不管不问。这小老妈
还说，听梅家的两个小姐这几天商量，要筹的钱，数目也
大得吓人，已经凑了一万五，还说不够，而且听两人嘀咕，
可能偷着干了一件更大胆儿的事。

　　白鹤飞喝了一口茶，问，什么事。

　　周掌柜说，这伙计说，小老妈告诉他，两个小姐可能
已把梅府的宅子押出去了。

　　白鹤飞一听，放下茶盏，笑了。

　　周掌柜说，我这人不爱打听事，不过寻思着，这些事，
应该跟你有关系吧？

　　白鹤飞看看周掌柜，怎么见得？

　　周掌柜说，我虽是做银号的，也很少见有这么倒腾钱
的，一般急着用这么大数目的钱无非两种可能：一是还账，
而且不是一般的还，应该是借了高利贷，再不还"驴打滚儿"
的利息就得要人命；还有一种可能，就是遇上了发邪财的
机会，这个邪，还不是一般的邪。

　　周掌柜看看白鹤飞，又试探着问，我看这邪财，像是
打你这儿出来的。

　　白鹤飞没置可否，沉了一下说，有个事，我一说，你
也就一听，这一半天，你也许要从广源银号开出一张四万
的号票，一旦开了，就赶紧备好现洋，号票一出去可能就
得兑现。

　　正说着，何掌柜回来了。

　　何掌柜这些年不敢上楼，一上楼就喘，还一边喘一边
躬喽。现在不喘了，也不躬喽了，可腰又直不起来了，一

上楼像爬，姿势看着有些怪。上了楼，来到茶桌跟前，掏出一张大丰银号的号票递给白鹤飞。白鹤飞接过看了看，揣起来说，谢的话就不说了，不过帮这个忙，当然不能让你何掌柜白帮，等完了事，我自会有酬谢。何掌柜立刻摆手说，酬谢先搁一边儿，只是得先说清楚，这事我虽不细问，就当是冲周掌柜，可也别给我找麻烦。

说着笑了笑，我说到底就是个掌柜的，真出事，跟东家没法儿交代。

白鹤飞说，这个只管放心，最多也就这几天的事。

周掌柜摇头苦笑一下，我也看出来了，等这事完了，我在天津的日子也就到头儿了。

白鹤飞站起来，又对何掌柜说，我上次的一个偏方，治好了您的痨病，这回就再送您一个，权当这次帮忙酬谢您的。何掌柜上回吃了白鹤飞的偏方果然有效，已经很信服，这时一听就赶紧点头说，好哇，您这个酬谢我可以实受，吗偏方？白鹤飞说，一斤大蒜，要红皮的，用二斤米酒泡了，泡俩月，然后每天一两，就着两瓣儿蒜喝。

何掌柜问，治吗病？

白鹤飞说，就治您这老腰。说完又笑笑，就转身下楼去了。

第三十三章

　　白鹤飞这个早晨起来，收拾停当，又把随身带的一个皮箱拿出来，仔细擦了一遍。这个皮箱是牛脊皮的。牛脊皮厚，不光韧，也细，熟出的皮子有光泽，一头八九百斤的牛，也出不了一个皮箱。当年白家在河北一带是有名的皮匠。皮匠也分粗皮匠和细皮匠。粗皮匠只做些牲口用的套包子之类，但不做鞍子。鞍子是细皮匠的活儿。细皮匠不光做鞍子，大到皮箱皮包，小到皮带皮扣，都是精细活儿。白家虽是细皮匠，却不做皮鞋。皮鞋又单是一行。当年白家做的皮货，都是租界里的洋人用。但是到了白鹤飞他爸这一辈就不行了，还不是做工不行，是没好皮子了。南运河的河北一带都是盐碱洼地，长的草虽然瘦小枯干，却单一个味儿，牛吃了不光皮毛柔顺，也光滑。但后来有一年，发了一场大水，把大洼里的盐碱冲走了，庄稼地倒肥了，草也比过去高了，牛吃了长膘儿更快，可毛皮却不如过去了，熟出的皮子像猪肚子上的囊膪，不光粗，也皱巴。白家的皮匠手艺是祖上传下来的，除了这行不会干别的，没了好皮子，手艺也只能扔下了。到白鹤飞时，十几岁就从家里出来了。出来时，唯一带的一样东西就是这个皮箱。这些年走到哪儿，从没离过身。

快中午时，念三儿来了。白鹤飞让念三儿去街上的饭馆叫了几个菜。念三儿一走，白鹤飞又拾掇了一下，吃过午饭，稍稍睡了一会儿。下午起来沏了壶茶，喝透了，就从家里出来。

北门外有个御香池。白鹤飞先去御香池泡了一会儿，觉着浑身的筋骨都泡开了，才穿戴齐了出来。下午的街上，拉胶皮的少。等了一会儿，才叫过一辆。白鹤飞坐上车就直奔南门外的祥德居来。祥德居离西花街的北头不远，是个有名的饭庄。虽然有名，里面的饭座儿却不多。大堂只摆了几个桌子，剩下的就是里面的几个包厢。包厢也不大，刚够坐十来个人。天津的吃主儿都知道，祥德居的菜做一个是一个，不光味儿好，价钱也贵，所以饭庄不怕人少，只要来一桌，价钱就能顶上普通的几桌。白鹤飞来到祥德居的门口下了车，正要往里走，看见门口站着个人。这人的肩上搭个捎马子，正跟一个满脑袋冒油的秃子说话。白鹤飞知道，在天津的街上，背这种捎马子的一般是捎客，也就是中间人，做的是一手托两家的买卖，到关外也叫拼缝儿的。拼缝儿的也不一样，有介绍房产地业的，也有倒腾杂物古董的。这种背捎马子的一般都在南运河的北河沿儿一带，是专做牲口生意的，也叫牲口牙子。白鹤飞走过来，先是觉着这人面熟，最明显的是长个三瓣子嘴，再细看才认出来，竟是冯豁子。这些年不见，冯豁子已经老了，人也显得抽抽儿了，不光身上抽抽儿，脑袋也抽抽儿了。冯豁子过去是个枣核儿脑袋，现在还是上下尖，但中间一抽抽儿，就蔫成个烂酸梨了，要不是他这三瓣子嘴，根本认不出来。当年冯豁子穿衣打扮很讲究，一看就是做银号生意的派头儿，现在把个粗布的捎马子往肩上一搭，人就矮了半截。白鹤飞觉着冯豁子现在这样子挺有趣，就站住了，歪起脑袋看着他。这时冯豁子也发现了白鹤飞，立刻认出来，扔下那秃子就过来了。白鹤飞笑笑说，冯掌柜，你现在做的这是哪一行啊？

冯豁子脸上有点儿挂不住，挤着笑说，牙行儿，凑合着混口饭吃。

白鹤飞摇摇头，当年广源银号的大掌柜，现在干了牙行儿，这得倒腾金马驹儿吧？

冯豁子咧了咧嘴，您就别拿我开涮了。

又说，现在，该叫您白爷，还是叫白家兄弟？

白鹤飞说，随便。

冯豁子嗯了一声，还是叫白爷吧，这么叫着顺嘴儿，看您这身打扮儿，也该是个爷。

白鹤飞笑了，爷不爷的搁一边儿，怎么着，今天遇着了也是缘分，我做东吧？

说着，朝祥德居里一指。

冯豁子伸头朝里看看，两脚往后退了一步。

白鹤飞过来拉了他一把说，来吧。

这时已经有伙计迎出来。两人就进了饭庄。

在一个角落里坐了，白鹤飞问，冯掌柜怎么改行干这个了？

冯豁子苦笑一下说，这哪叫改行啊，也是实在没辙了，不能瞪眼饿死，总得找个饭门哪。

白鹤飞摇头，你冯掌柜干这个，有点儿委屈了。

冯豁子叹口气，小孩儿没娘，说来话长啊。

冯豁子当年离开广源银号，当然不是自己要走的。梅小竹也没说别的，一天带着两个人来到银号，让他把账本拿出来，都交代清了，也看明白了，拿出二十块大洋，就把他打发了。冯豁子有心跟梅小竹理论一下，自己在广源银号这些年，没功劳也有苦劳，就这么像打发一条狗似的把自己打发了，是不是有点儿不近人情。但转念又想，事已至此，说也是白说，只能白饶一面儿，也就把话咽在肚里了。后来梅小竹让人传过话来，告诉他，银号有银号的规矩，冯掌柜在这行里做了这些年，不会不懂，离开广源银号，铺子里的事也就烂在肚子里了，真要在外面乱说，除非他离开天津，否则就是钻进地缝儿，也能找着他，到那时可就不是这么说话了。冯豁子也明白，毕竟是自己出了不该出的岔子，情知理亏，也就认头了。

就这样，冯豁子忍气吞声地从银号出来了。

这广源银号虽不是太大的银号，但毕竟是梅小竹的买卖，冯豁子这么出来了，也就没法儿在天津的这行里混了。这以后先是去了兴隆，又到玉田，后来转到唐山。虽然一直还在这行里做，可从大掌柜做到二掌柜，后来干脆就成了大伙计。眼看着这行实在混不下去了，已经五六十岁的人再去给人家当伙计，也就成了一条老狗，最后想来想去，还是应了那句老话，老猫房上卧，累累找旧窝，干脆一咬牙，又回天津来。回天津当然也不可能再做银号生意，别的本事又没有，可总得有口饭吃，想来想去，就想到了牙行儿。这行不用本钱，有张嘴就能干，虽然跟钱行隔着山，但也是倒腾钱的，只不过钱行是用钱倒腾钱，牙行是用牲口倒腾钱，只要是倒腾钱的买卖，冯豁子就能干。这以后，也就干了牲口牙子。冯豁子说到这里又叹了口气，你白爷当年坑我两千大洋，也坑对了，早坑晚不坑，可早坑还是比晚坑强。

白鹤飞笑笑问，这话怎么讲？

冯豁子说，早坑了，我早明白，要是再晚坑几年，我还得像个驴似的给梅小竹卖命呢。

白鹤飞已经听出来，冯豁子话里话外透出对梅小竹的怨气，于是说，水流千遭归大海，都已是过去的事了，如今再提起来，说当笑话儿说，听也就只当笑话儿听了。

冯豁子摇头，您当爷的，可以当笑话儿听，对我，这可是一辈子的饭门哪。

冯豁子显然有日子没喝酒了，喝得有点儿贪。

白鹤飞端起酒盅，冲他举了一下，一口喝了，然后说，冯掌柜要是有酒兴，就只管喝，我一会儿还有个应酬，就不陪了。又一笑说，省得我喝多了，你又趁机让我签合同卖老宅。

冯豁子本来已经喝得红头涨脸，一听这话脸更红了，咧了咧嘴说，白爷不疼可怜人也就算了，还拿我垫牙，寻开心，你这大人大量的，这么着可就不厚道了。

白鹤飞笑笑，先去结了账，就从祥德居里出来。

白鹤飞这个下午来祥德居，本来是想小坐一会儿，这里的炸河虾挺好，要一盘儿喝几盅，再想想后面的事，也消磨一下时间。没想到竟在这里碰到了冯豁子，想想也是缘分。这时，就一路溜溜达达地朝西花街这边过来。正走着，远远看见一辆人力车过来，跑得还挺快。白鹤飞起初没看清车上坐的人，只看见跟在车后头跑着的是孤丁。等人力车来到近前，车上的花厚子朝白鹤飞这边看了一眼。白鹤飞的目光与他一碰，两人相视一笑，人力车就过去了。白鹤飞朝跑远的人力车看着。只见这人力车停在桂香楼的门口，花厚子下了车。里面的几个伙计跑出来，一个白白嫩嫩的女人也笑着迎出来，就把花厚子簇拥进去了。

已是掌灯时分。西花街上开始热闹起来。白鹤飞来到花戏楼时，里面挺清静。姚四姐一见白鹤飞来了，迎过来说，晚上有堂会，已经让管事的带着戏班过去了。

说着，两人就朝后面的小院儿走过来。

梅家的两姐妹早已等在这里。这时一见白鹤飞来了，才都松了口气。白鹤飞朝这姐儿俩看了看，这个晚上，这姐妹俩又都是一身男人的打扮，在灯下看着，另有一番韵致。

梅桃开口先问，黄少爷，说好的东西，带来了？

白鹤飞点头说，既然是说好的事，当然带来了。

说着，就把一张大丰银号的号票掏出来，放在桌上。梅家姐妹立刻凑过来伸头看，号票上清清楚楚地写着，大洋六万。姐妹俩看清了，又抬起头对视了一下。

白鹤飞笑着说，现在，我要是想看那海龙的帽子，应该能看了吧？

梅杏说，黄少爷，你可真不厚道。

梅桃说，现在不是开玩笑的时候，先说正事吧。

姚四姐也说，是呀，已经说好的事，别耽误了。

梅桃说了句，黄少爷，您少坐呀。

然后一拉梅杏，两人就出去了。

这时一个伙计进来，附在姚四姐的耳边问，走不走菜。

姚四姐说，走吧，我和黄少爷先喝着，一边吃一边等。

白鹤飞看看姚四姐。

姚四姐笑笑说，今晚我做东，黄少爷来天津这些日子了，今天事总算办成了，置办的又是药材，估摸着东西一到手，肯定就得急着走了，今儿晚上就当给黄少爷饯行吧。

白鹤飞说，四姐说的是，不过这一半天也许走不了，还有事没办完。

正说着，菜就端上来了。看得出来，姚四姐是用了心思的。这会儿已过了饭口，又还没到吃夜宵的时候，再弄些焖熘熬炖之类的大菜，谁也吃不下去，所以备的就都是些精致的小菜，酒也是黄酒。姚四姐说，还是黄酒好，暖胃，也不伤人，烫热了喝也舒服。

白鹤飞和姚四姐对着喝了几盅黄酒，梅家姐妹就回来了。

梅杏的手里抱着两个锦盒，兴冲冲地走在前面。梅桃跟在后头，一进来就说，这海少爷还真会办事，装了两个锦盒。姚四姐回头一看，拍着两手说，好了好了，这下总算把这事办落听了，要不说呢，还得是大宅门儿的小姐，就是能办事。梅杏也一脸的得意，把两个锦盒往桌上一放说，黄少爷，先别说别的，是不是得敬我俩一杯呀？

白鹤飞立刻笑着斟酒说，该敬该敬，当然应该敬！

姚四姐也给自己斟了一杯说，来来，我也敬你们！

白鹤飞放下酒盅说，打开看看吧。

梅杏一撇嘴说，怎么着，还不放心哪？我俩可是看着这海少爷从他那十根指头上剪下来的。梅桃也说，这指甲上是没肉，要有肉，肯定还带着血筋儿呢！

姚四姐也等不及了，说，快打开吧，咱也开开眼！

梅杏这才小心地打开一个锦盒。里面是雪白的绫子，绫子上整整齐齐地放着五根手指甲。显然，这指甲的主人事先都已清洗过了，看着像玉一样温润，泛着半透明的蛋青色。姚四姐尖着手指捏起一根，举起来看看，嘴里呀的一声说，还真是蹊跷东西呀！

梅桃也捏起一根，举到灯下看着。

梅杏说，黄少爷，现在可是一手交货了，那另一只手呢？海少爷那边还等着呢！

白鹤飞立刻说，对对，这只手已经交货，另一只手自然就得交钱了。

说着，就从身上掏出号票。

但就在这时，他突然说了一声，等等。

姚四姐和梅家姐妹都愣了一下，看着他。

白鹤飞慢慢从梅桃的手里拿过这根指甲，翻过来掉过去地看了看，又看了看，用手轻轻一掰，嘎巴一声，竟把这指甲掰断了。白鹤飞又让旁边的伙计去拿个碗来，倒上热水。

伙计赶紧去端来一碗热水。白鹤飞把这掰断的指甲泡在水里，没一会儿，这指甲竟就化了。白鹤飞立刻打开另一个锦盒，把所有的指甲都拿出来，泡在碗里。一会儿，这些指甲都化了，刚才的一碗清水，眨眼工夫成了一碗白粥。

白鹤飞端起来闻闻说，嗯，这东西能解饱。

这时，姚四姐和梅家姐妹都已经看傻了。

姚四姐颤着声儿问，这是，怎么回事呀？

白鹤飞说，这指甲，是用糯米做的。

梅家姐妹突然哇的一声都叫起来，接着就一块儿跑出门去了。

姚四姐这时也已经回过神来，尖声骂道，好哇，喜娘这个骚货，敢骗到我头上来了！

说着也一路奔出去。

白鹤飞坐下来，又给自己倒了满满的一盅黄酒，端起来喝了，然后才起身出来。

这时的西花街已是一天最热闹的时候，灯红酒绿，香粉流街。白鹤飞一路溜溜达达地过来，走过桂香楼的门口时，听到里面的吵嚷声、叫骂声，已经响成一片。

第三十四章

这天中午，白鹤飞又来到西门里的羊肉馆。

小馆的胡老板眼毒，一见就认出来，赶紧迎过来凑近了说，看得出来，您是个吃主儿，又是老主顾儿。我昨晚刚宰了两只从口外弄来的羊，都是吃嫩草、喝泉水儿长大的，这可是稀罕物，比狗大一点儿。肉的味儿就甭说了，主要是这"羊三件儿"，有句话，您这吃过见过的主儿肯定听过，男人吃了女人受不了，女人吃了男人受不了，男人和女人都吃了，这床铺就受不了了。白鹤飞一听就笑了，说，是有这么一说，这东西可难寻。胡老板说，难寻是难寻，可也得分谁，要是一般的人来，我还真舍不得拿出来呢！

正说着，花厚子和花薄子来了。几个人来到里面的单间。

孤丁随手把门关上了。

花厚子坐下说，还是老规矩吧。

白鹤飞笑笑，老规矩？

花厚子点头，刀切账。

白鹤飞说，这么着吧，是谁的谁拿走。

花厚子看看他，怎么讲？

白鹤飞说，这事从根儿上说，我就没当生意做，现在，金大成这两万五，你拿着，梅家这一万五，给我留下。说着又一笑，我留下这一万五，也是还有别的用处。

花厚子说，随你吧，有句话，山不转水转，往后的日子还长。

白鹤飞就站起来，说，新街东头的那处房子已经收拾了，我下次再回来，也许还要讨扰。想了想，又摇摇头，也难说，真有再回来的那天，也许就是叶落归根，回来养老了。

这时，花薄子忽然噗地笑了。

白鹤飞看着他。

花薄子说，告诉你个新鲜事，你听了也得乐。

白鹤飞问，吗事？

花厚子说，我说吧，我俩也是刚听说，今天早晨，金大成让"红帽儿衙门"的人抓了。

白鹤飞这时已经知道，所谓"红帽儿衙门"，指的是日本宪兵队，此外还有一个"白帽儿衙门"，说的是日本人的警察署。这时一听，金大成让"红帽儿衙门"的人抓了，立刻就明白了，肯定是因为他这次在广源银号的账上做手脚，偷偷挪用日本人的钱，事发了。

白鹤飞心想，甭问，这事应该是周掌柜告发的。

花厚子说，日本人都是狗脸，说翻就翻，他敢挪他们的钱，这不是找死吗？

花薄子又乐了，那"红帽儿衙门"，进去容易，再想出来就难了。

花厚子也点头，是呀，进了那地方，还没听说有谁能活着出来的。

白鹤飞说，行啊，就看他的造化吧。

说完，白鹤飞把自己面前的酒喝了，就告辞出来了。

白鹤飞来到祥德居时，冯豁子已经守着一桌子菜等在这里，正抻着脖子朝门口这边看，一见白鹤飞进来，赶紧招了招手。白鹤飞就走过来，在他对面坐下了。冯豁子摇摇头，感叹一声说，这世上的事都讲个机缘，机缘说白了，也就是缘分。

白鹤飞问，怎么讲？

冯豁子把一张地契拿出来，放到白鹤飞面前的桌上。

白鹤飞拿起看了看。

冯豁子说，当年，是我替梅家买你白家的老宅当坟地，现在，又是我替你，把你白家的老宅从梅家手里买回来，这回还不光是买回这老宅，连他梅家的祖坟也一块儿买过来了。

冯豁子说着，又咧着三瓣子嘴一笑，你跟这梅小竹，这回也算是一报儿还一报儿了。

白鹤飞点点头，到底还得说你冯掌柜，冯掌柜就是冯掌柜。

想了想，又问，梅小竹怎么就答应了？

冯豁子凑近了说，实话告诉你，两年前，梅小竹就已经死在日本了。

白鹤飞哦了一声。

冯豁子咧嘴一笑，我也是听人说的，梅家是怕梅小竹

252

当年的仇家来找麻烦，所以才没敢声张。说着又噗地一笑，我有吗本事，就凭这张撒气漏风的破嘴，再怎么能说，又能说到哪儿去？是梅家这两个小姐，她们不卖祖坟，赎不回宅子，一家老小就得让人家赶到大街上去了。说到这儿，好像觉着挺可乐，又挺解气，嗓子眼儿里发出一串咯咯的笑声。

白鹤飞把地契揣起来，对冯豁子说，你想吃吗就随便点吧，我把钱压柜了。

说完，就起身走了。

走出几步，还听见冯豁子在身后咯咯地笑……

2019 年 10 月 18 日 改于天津木华榭

2020 年 3 月 15 日定稿

253